불
안

한

톳

불
안

한

톳

이
택
민

츠프ᄉ

한 톳

김을 세는 단위로 김 100장을 한 톳이라고 한다.

김 한 장은 얇고 그 무게도 가볍지만,

김 한 톳에 담긴 무게는 결코 가볍지 않다.

책을 펴내며

우리는 불안을 쌓으며 나아간다

손에 잡힌 것을 어떻게 해야 할지 모르는 게 고민이라면, 손에 잡히지 않는 물을 공연히 주물럭거리는 것은 불안이다.

서른으로 향하는 길목에 들어선 지금, 불안감에 휩싸였다. 나이에 대한 불안, 진로에 대한 불안, 관계에 대한 불안. 불안은 빠르게 증식했다. 늘어난 불안이 나를 짓누를 때면, 이 불안한 마음을 재빨리 해결해야 한다는 조바심도 함께 찾아왔다. 머릿속을 잠식하는 불안한 마음을 달래기 위해 새벽에 자주 달렸다. 더우나 추우나 비가 오나 눈이 오나 달렸다. 달리기 전까지는, 몸을 바깥으로 내밀기 전까지는 한 발짝도 움직이기 싫었다. 하지만 귀찮은 몸을 이끌고 나와 달리고 난 후엔 한 번도 후회해본 적이 없다. 무언가를 쓰고 난 뒤에도 마찬가지였다. 혼자 보는 일기일지언정 감정을 끄적이고 난 뒤엔 땀을 한 바가지 흘리고 샤워를 한 것처럼 개운했다. 뛰는 기분은 쓰는 기분과 여러모로 비슷했다. 그날 밤 잠이 잘 오는 것까지도.

　어느 날, 광교 호수공원으로 이어지는 하천을 따라 뛰던 중 물길이 바뀌는 구간을 발견한 적이 있다. 유유히 흐르던 물이 어느 지점부터 급류로 바뀌어 빠르게 흘러가고 있었다. 빠르게 흐르는 곳엔 유리처럼 투명한 막이 생겼다. 신기하게 그 모습을 바라보다 문득 이런 생각이 들었다. 끊임없이 흐르는 물에도 불안이 내재되어 있을까. 불안한 마음 간직하고 있어 잠시도 가만히 있지 못하고 계속해서 흐르고 있는 걸까.

　그렇게 머릿속을 부유하는 불안한 마음을 얇게 펴 종이 위에 널어놓았다. 햇볕을 쬐고 바람에 마르는 동안 불안한 마음에도 모양이란 게 생겼다. 내가 왜 불안했는지 전혀 감이 잡히지 않던 어제와는 사뭇 기분이 달랐다. 불안의 모양이, 불안의 모습이, 불안의 원인이 보이기 시작했다. 불안을 확인하기 위해, 불안함을 달래기 위해 매일 밤 쓰고, 달렸다.

　지금 이 불안한 마음도 김 한 장처럼 쉬이 날아가 버린단 걸 안다. 그래서 불안 한 톳을 묶어내고 싶었다. 이리저리 치이는 가벼운 마음일지라도 그 마음이, 그 마음을 적어낸 글이 백 장 정도 쌓인다면, 한 장이 백 장이 되어 한 톳이라 불리는 것처럼, 불안도 다른 말로 부를 수 있을까 하는 마음에서다. 쓰는 동안 나에게 위안이 되었던 것처럼, 읽는 이들 마음에도 위로가 되었으면 좋겠다.

소풍날 든든하게 배를 채워주던 김밥처럼, 손바닥만한 크기로 훌륭한 밥반찬이 되어 주는 조미김처럼, 흰쌀밥과 만나 맛있는 주먹밥이 되는 김 가루처럼 나의 글 한 장이, 나의 문장 한 줄이 당신의 허기를 달래줄 수 있기를 바란다.

　　《고민 한 두름》에 이어서 단위 명사를 이용해 또 한 번 책을 펴내게 되었다. 나의 세 번째 책이자, 시리즈를 알리는 두 번째 책이다. 김을 한 장 한 장 쌓아 올린 한 톳처럼, 서른으로 한 발 한 발 내디디며 적어낸 글들을 100편 수록하였다. 불안한 표정을 애써 감추려 했지만, 글 위에선 그러지 않으려 노력했다. 그동안 나는 문장을 튀기고 볶고 삶으며 책을 펴냈는데, 이번엔 내 날 것의 문장을 엮어보기로 했다. 불안한 마음을 종이 위에 차곡차곡 쌓아보기로 했다.

　　우리는 불안을 쌓으며 나아간다. 이 글을 읽는 당신이 책장을 덮었을 때, 불안에서 벗어나려 애쓰기보단 불안과 공생하는 자신만의 방법을 찾을 수 있다면 더할 나위 없을 것만 같다.

2022년 여름

이태민 올림

우리는 그럴만한 이유로 글을 쓴다. 우리는 그럴만한 이유로 살아간다. 어쩔 수 없이 써 내려가야 했던 것들, 어떻게서든 감추려 했던 것들이 있다. 사랑하지 못한 이에게 사랑은 말 못 할 무언가, 사과하지 못한 이에게 미안은 말 못 할 무언가, 작별하지 못한 이에게 안녕은 말 못 할 무언가이다. 그 무언가 전하지 못해 꾹꾹 글자를 눌러쓰고 꾹꾹 숨을 참아가며 살아간다.

한 장

기록하지 않으면 기억되지 않는 것들
추억하지 않으면 상기되지 않는 것들

기억이란 어쩌면 기적이 둥그스름해진 것

손마디가 기억하고 발걸음이 기억하고
콧잔등이 기억하고 혓바닥이 기억한다

기록이란 어쩌면 불편함을 직시하는 것

두 장

꽃잎을 한 장 한 장 떼어 먹었다. 노란 쑥갓꽃을 한 장 한 장 떼어 먹었다. 주인장이 텃밭에서 직접 키웠다는 식용 꽃이었다. 어제 새벽엔 시집을 한 장 한 장 씹어 먹었다. 엊그제 세상을 떠난 자가 남겼다는 고독 몇 줌이었다. 누군가 직접 키워낸 꽃을 떼어 먹는 일, 누군가 남긴 고독을 씹어 먹는 일. 꽃내음이 입안 가득 퍼진다. 고독이 마음 한 켠에 차분히 가라앉는다. 노지에 핀 꽃. 지붕 없는 마음에 자리 잡은 고독. 그 둘은 크게 달라 보이지 않는다.

세 장

유통기한 지난 필름에 담긴 내 모습은 어떠한 모습일까. 상온에 노출되어 상한 모습이 담겨 있을까, 저온에 푹 숙성된 모습이 담겨 있을까. 박카스 두 개를 사 들고 찾아간 남문의 모 필름 현상소. 사람의 마음을 얻기 위해선 같은 것을 두 개 사서 하나 내밀라는 시인의 말을 따라본다. 수줍게 박카스 병을 내밀고, 필름을 맡기고, 구석 자리에 앉아 열기를 내뿜는 현상 기계를 바라본다. 미지근한 어제에 뜨거운 오늘을 덮는다. 지난날의 과오를 깨끗이 청산하려는 듯, 어젯밤의 과음을 양치로 씻겨 내려는 듯 뜨거운 열기로 필름을 삼키는 기계를 오래도록 바라본다. 지난 기억을 삼켜 혓바닥으로 날름 핥자, 유통기한 지난 필름 속 얼굴들은 0과 1로 소분되어 디지털 화면에 기록된다. 예상과는 다르게, 상하지도 숙성되지도 않은 모습. 유통기한이 지나도, 나는 나였다. 다소 색 번지고 빛 바랬지만, 나는 나였다.

네 장

비닐 구겨지는 소리는 수화기 너머로 실제보다 더 크게 들린다. 작고 얇은 것은 쉽게 그리고 크게 소리를 낸다. 끙끙 앓는 소리, 나약한 말, 칭얼거림, 삐거덕삐거덕 소리, 탄식. 비닐은 쉽게 날아가고 쉽게 구겨지고 쉽게 찢긴다. 위안을 바라는 말은 위안을 줘야 하는 사람의 마음을 구긴다. 쉽게 찢어지는 봉지 안에 깨지기 쉬운 소주병을 담아왔다. 관계라는 것이 그런 게 아닐까. 찢어지기 쉬운 것이 깨지기 쉬운 것을 담아내는 것, 온전히 감당하는 것. 누구 하나 온전하지 않지만, 그렇게 둘이 껴안고 집으로 돌아오는 것. 깨지기 쉬운 소주병에 온전히 담겨온 액체로 한 밤을 지새우는 것. 쉽게 찢어지는 비닐봉지에 하룻밤의 걱정을 담아 무사히 새벽을 보내주는 것. 작고 얇은 것들이 소리를 낸다. 부스럭부스럭, 쨍그랑쨍그랑.

다섯 장

　앞머리가 자꾸만 흘러내린다. 시무룩한 머리가 우습다. 연신 앞머리를 쓸어 올리는 모습을 보고 친구는 최근의 일화를 풀어 놓는다. 친구는 머리를 뽀글뽀글 볶다가 미용사에게 이런 말을 들었다고 한다. "손님 머리는 본래 형태로 다시 돌아가려는 성질을 가지고 있어요." 머리카락이 고집 있다며 우스갯소리를 던졌다는 것. 나는 맞는 말이라며 고개를 끄덕였다. 머리카락에도 고집이 있다. 작고 얇은 것에도 본성이 깃들어 있다. 곱슬머리는 잔뜩 꼬인 머리가 지겹고, 생머리는 붕붕 뜨는 제 모습이 싫다. 매일 아침 머리에 열을 주어 머리를 말거나 피는 것처럼 자기 고집을 꺾기 위해선 매일의 노력이 필요하다. 얇은 머리카락 뭉치 풀어내는 데 매일 아침 땀을 한 소쿠리 쏟는데, 꼬일 대로 꼬인 성격 풀어내는 데 애쓰는 마음이 드는 건 당연한 거 아니겠는지. 얇디얇은 머리카락 뭉치도 내 속을 썩이는데, 묵직한 심장 하나가 내 속을 썩이는 건 당연한 거 아니겠는지.

여섯 장

　길고양이처럼 불쑥 찾아온 허무. 삼색 고양이처럼 다채롭게 다가온 허망. 그 공허를 헤아리다 생채기가 난 나날들. 경기가 끝났음에도 아쉬움에 경기장 센터 서클을 벗어나지 못하는 축구 선수. 페널티킥을 하늘 위로 쏘아 올린 자의 허탈한 표정. 만회할 기회조차 주어지지 않는 잔인한 순간들. 길고양이는 마음속을 이리저리 쏘다니고, 딱따구리는 날카로운 부리로 머릿속을 쪼아댄다. 좋아하는 것은 좋아하는 것에 의해 멀어진다. 태양이 구름 뒤로 사라진다. 허한 안개가 나를 뒤덮는다.

일곱 장

　내 몸엔 점이 많다. 잘난 점, 못난 점, 예쁜 점, 부족한 점, 아픈 점, 건강한 점, 멋진 점, 사랑스러운 점, 귀여운 점, 모난 점, 비겁한 점, 당당한 점, 약한 점, 강한 점, 빠른 점, 느린 점, 짙은 점, 옅은 점, 나약한 점, 강인한 점, 쓸모없는 점, 자랑스러운 점, 몹쓸 점, 특이한 점, 평범한 점······.

　개중 좋은 점들을 선으로 이으면 좋은 내가 될까.

여덟 장

전철 문이 닫혔다. 오른편 끝자리에 앉아있는데 내 앞으로 꼬마 아이가 다가왔다. 초등학생 저학년 정도로 보이는 아이였다. 자리를 비켜주기 위해 다리 사이에 놓여있던 가방을 들고 일어서다 아이와 눈을 마주쳤다. 찡긋 웃어 보이고는 가방을 둘러메며 노약자석 쪽으로 이동했다. 지하철 통로문에 기대어 아이를 바라보았다. 아이는 그 자리에 그대로 서 있었다. 내가 앉아있던 자리를 바라보니 내 옆에 있던 아줌마가 내 자리를, 그 앞에 서 있던 아저씨가 아줌마의 자리를 차지하고 있었다. 내가 자리에서 일어나자 아줌마는 아이가 앉을 틈도 주지 않고 잽싸게 끝자리로 이동하고 남자를 앉힌 것이다.

아이는 손을 뻗어 겨우 닿는 손잡이를 잡고서 학교 가방을 멘 채 비틀비틀 전철의 움직임에 따라 휘청인다. 부부로 보이는 저들은 마스크 안으로 표정을 숨긴 채 두 눈은 스마트폰 화면에서 헤어 나올 생각이 없다. 딸뻘 아이 앞에서 둔중한 엉덩이를 들지 않는 그들을 보며 공경이란 무엇인가에 대해 생각한다. 아이를 보살펴 주지 않는 어른과 어른을 공경하라 배우는 아이들. 아이는 어른의 행동을 보고 배운다는데, 과연 벌을

서듯 한 손으로 손잡이를 부여잡고 있는 저 아이는 눈앞의 어른들을 보며 무슨 생각을 하고 있을까. 그들의 정수리를 내려다보며 어떤 감정을 느끼고 있을까. 이건 단지 스쳐 지나가는 자의 노파심에 불과할까. 그저 나의 호의가 제대로 전달되지 못한 것에 대한 개탄일까.

아홉 장

책장의 20쪽 페이지를 넘기면 22쪽 페이지가 나온다. 마치 21쪽은 없던 것처럼, 20이란 숫자가 22로 말끔히 대체된다. 마치 올 한 해가 그런 일 년이지 않았을까. 바이러스라는 거시적인 이유와 나라는 미시적인 원인으로 인한 12개월의 부재. 그럼에도 그 시간 동안 많은 일들이 스쳐 지나갔고, 미량의 바람으로 나는 또 한 해의 마지막 날에 꽤 아픈 속앓이를 하고 있다. 마음에 생긴 상처도 굳은살처럼 두꺼워지기 위한 과정일까. 되려 돌처럼 딱딱해지진 않을까. 1월의 첫 새벽을 맞이하며 유연하게 휘어지는 종잇장처럼 삶이 유연해지기를 소망한다. 여전히 고민을 엮어가는 삶을 살아가는 난 갈 데가 있어서요, 라는 퉁명스러운 한 마디를 남긴 채 처음 가보는 길을 나선다. 서른으로 향하는 길목에 들어선 2022년, 1년 후 이 시간엔 또 다른 무언가를 다짐하며 인생의 한 페이지를 넘기고 있을 것이다. 그렇게 오늘은 22쪽으로 삶의 한 페이지를 넘긴다.

열 장

한파가 찾아온 겨울날, 군고구마 냄새가 코를 찌른다.

고독이 찾아온 겨울밤, 군걱정이 빈 가슴을 찌른다.

열한 장

눈은 세상을 본질로 돌아가게 하는 성질을 지녔다. 왜냐고, 하냐니까. 왜냐고, 경계를 모호하게 만드니까. 왜냐고, 빠른 세상을 조금은 느리게 만들어주니까. 하얀 눈이 하얀 경계선을 덮을 때, 차도 위 자동차는 속도를 늦추고 인도 위 사람들은 잠시 제자리에 멈추어 선다. 헤드라이트 앞으로 느리게 느리게 내려오는 눈발. 그 눈발을 담아내려 핸드폰을 꺼내 든 사람들. 그 모습이 참 순수해 보인다. 아파트 단지 내엔 부모 손을 잡고 밖으로 몸을 내민 아이들이 보인다. 어린아이가 놀이터에서 눈덩이를 뭉치기 위해 애쓰는 모습을 보면 웃음이 난다. 순수한 눈을 순수하게 뭉치는 순수한 아이. 눈을 더럽게 하는 건, 신발에 묻은 검은 발자국일 뿐이다. 저 아이가 세상에 찌들게 되는 것도 검은 발자국 때문일 것이다. 눈은 세상을 본질로 돌아가게 하는데, 본질을 더럽히는 건 세상을 좀 더 오래 걸어봤다고 자부하는 검은 발자국이다.

열두 장

코스 요리처럼 천천히 음미하며 읽는 책이 있고, 잔치 국수처럼 후루룩 흡입하는 책이 있다. 우아한 척 코스 요리를 먹는다고 대단한 음식 아니고, 단순히 주린 배를 채워 준다고 값싼 음식 아니다. 각자 상황에 맞는 독서가 있고, 각자 책을 대하는 태도가 있다. 어느 날은 새벽에 홀로 내일을 맞이하며 위스키 한 잔과 함께 독서를 즐긴다. 어느 날엔 출퇴근길 지하철 안에서 가벼운 독서로 출출한 속을 채운다. 평생 먹고 살아갈 음식처럼, 독서 또한 내게 일생을 건강하게 만들어주는 양식이 되었으면 하는 마음으로, 손에서 책을 놓지 않으려 애쓴다. 가끔은 나와 맞지 않는 글에 더부룩해지고, 드센 문장에 탈이 나겠지만, 평생 누군가의 생각과 경험을 탐독하고 싶다. 독서야말로 합법적인 염탐 아니겠는가. 그러기 위해선, 잘 먹고 잘 소화하는 능력을 키워야 한다. 문장에 탈이 나지 않도록 꼭꼭 씹어 먹는 습관이 필요하다. 자신에게 맞는 음식을 찾아가는 것처럼, 때론 적당한 책 편식도 필요하다.

열세 장

　젊은 날의 허상을 이룬 지금, 나는 무엇이 두려운가. 카페 구석 자리에 앉아 자문한다. 나는 대체 무엇이 두려운가. 남들과 크게 다르지 않은 길을 걷는 것 같은데, 왠지 모르게 차도에 가까운, 위험한 길은 아니지만 자칫 잘못하면 위험에 빠질 수 있는 갓길을 걷고 있는 기분은 도대체 어디서 비롯된 걸까. 나는 무엇을 위해 기록하는가. 두려움을 이겨내기 위해 기록하는가, 두려움에 굴복하여 글을 쓰는가. 무엇을 위해 감정을 기록으로, 기록을 글로써 둔갑하는가. 풍선을 부풀리기 위해 숨을 참고 숨을 밀어 넣듯, 책이라는 물성을 위해 불안을 참고 불안을 밀어 넣는다. 손에서 놓치면 저 멀리 날아가 버릴 것 같은 마음은 얇은 풍선 안에, 얇은 종이 안에 가득 차 있다.

열네 장

　식물을 키운다. 공기 정화를 위해. 자동차를 탄다. 공기 오염을 위해. 플라스틱을 쓴다. 편리함을 위해. 종이 빨대를 쓴다. 지구의 안위를 위해. 대체 누굴 위하고 누굴 구한단 말인가. 오늘 하루도 건사하지 못하는 사람들이 고작 하겠다는 게, 식물을 키우고 플라스틱 사용을 줄이는 일. 하루를 흥청망청 흘려보내듯 수돗물을 남용하고, 회사 건물에 억지로 자신을 꾸겨 넣듯 음식물을 섭취하면서 고작 하겠다는 게, 카페에 앉아 종이 빨대로 검은 물을 홀짝거리며 지구를 걱정하는 일. 상대를 알아가겠다면서 고작 하는 말이라곤 아무 관계 없는 주변 사람들의 근황 얘기.

열다섯 장

누군가의 불안에는 난장미(美)가 있다. 불규칙 속에 규칙이 있듯, 난장판 속에도 나름의 질서가 존재한다. 불명확한 삶이 어렵다고 하지만 보장된 삶이라 해서 재미까지 보장된 건 아니다. 널브러진 젓가락도 결국 제 짝을 찾아가기 마련. 무질서한 삶이라 할지라도, 끝내 무질서만의 짝이 있다. 당최 범인의 눈으로는 이해할 수 없는 미술 작품이 몇십억 하는 것도, 정처 없이 흔들리는 수양버들이 아름다워 보이는 것도 모두 불안한 마음에서 비롯됐다. 그러니까, 불안한 마음 감추지 못해 애쓰는 것보다 불안한 마음 실컷 드러내는 편이 좋다.

열여섯 장

    선뜻 장갑을 내어주고도 마음이 따뜻한 하루. 그의 엄지와 검지는 뚫린 두 구멍으로 세상 밖을 바라본다. 집으로 돌아오는 길, 잠시 마스크를 벗고 얼핏 하늘을 바라보며 숨을 들이쉰다. 찬 바람이 더운 마음을 식힐 수 있도록 크게 숨을 들이쉰다.

열일곱 장

툭, 던진 한 마디가 여러 행의 시보다 묵직하다. 찰나의 순간으로 일생을 버티는 사람이 있다. 나는 고독할수록 텍스트와 가까워진다. 그러므로 내 고독의 독은 읽을 독(讀)이겠다. 대화 나눌 상대가 없으니 글자와 친히 지내는 것이다. 겨울날의 코감기처럼 근심이 흐른다. 코를 풀수록 코끝이 헌다. 문제를 풀수록 머릿속이 꼬인다. 아이스 커피 한 잔을 들이켠다. 딱딱한 얼음 대신 물컹한 혀를 깨문다. 다시 한 모금 마시고 내려놓는다. 다시 한 걸음 내딛고 가라앉는다. 오늘 나를 가라앉게 하는 건, 시집 속에 수록된 수십 편의 시가 아닌 겨우 두 줄 적힌 '시인의 말'이다. 나는 고작 그 두 줄 적어내지 못해 이렇게 길고 긴 글을 쓴다.

열여덟 장

언제부터 집에 책이 많아졌을까. 언제부터 말주변이 없어
졌을까.

열아홉 장

　화병을 포장하는 아르바이트를 한 적이 있다. 출근하면 날마다 오늘의 할 일이 적힌 화이트보드를 확인했다. 그렇게 하루에 네 시간, 오늘 해야 할 일을 처리하는 업무였다. 파트 타임으로 일한 지 2주쯤 지났을 무렵, 그동안 눈에 들어오지 않던 문구가 들어왔다. '포장은 고객과의 첫인상이다.' 한때는 겉모습으로 판단 받는 것에 울분을 토한 적이 있다. 나는 왜 이렇게 생긴 것이냐고 거울에 대고 욕을 했고, 나는 왜 이렇게 작은 것이냐며 학창 시절 불규칙했던 생활 습관을 탓하기도 했다. 하지만 화병이 깨지지 않도록 박스 안에 완충재를 겹겹이 끼워 넣으며 깨달았다. 내가 불평했던 건 그저 겉모습을 포장하는 것에 불과했단 걸.

　단순노동을 반복하며 포장의 의의에 대해 생각했다. 포장은 두 가지 의미를 지닌다. 예쁘게, 그리고 안전하게. 전자에만 시선이 갔던 지난날들. 화병을 발포지에 감싸며 앞으로는 전자가 아닌 후자에 집중하기로 마음먹는다. 개인의 본질을 안전하게 보호해줄 포장지는 무엇일까. 더 이상 멋을 내기 위해 옷을 입지 않는다. 완충 작용을 위해 내게 맞는 옷을 사고 입는다. 입기 불편한 바지는 옷장 안쪽 구석에 박혀 있다. 옷장에 옷이 가득하지만 결국 자주 입는 것만 입게 된다. 계속 손이 가는 옷은 분명 자주 손이 가는 이유가 있다. 내 겉모습에 신경 쓰지 않을 때 가장 나다운 모습이 나온다. 여름날, 목덜미 타는 것까지 신경 쓰는 삶은 피곤하다.

때론 예쁘게 보다 안전하게 자신을 꾸며보는 것은 어떨까. 지금, 당신은 안전한지 묻고 싶다. 예쁘게 보이기 위해 불안정한 상황을 마주하고 있는 건 아닌지 묻고 싶다. 예쁘게 보일 순 있어도 정작 멋지게 보이긴 어렵다. 멋지게 보일 순 있어도 진정 멋진 사람이 되긴 어렵다. 그저 예쁜 것에 그치는 것들, 멋져 보이기 위해 부자연스러워진 것들. 우리 멋진 사람이 되자. 멋짐을 지켜낼 수 있는 안전한 사람이 되자.

스무 장

한파에 굳어버린 대걸레의 물결을 바라보고 있자니, 사람들 앞에서 돌연 굳어버린 내 모습이 떠올랐다. 추위에 파르르 떨듯 손과 입을 떨었던 순간들. 지금이라고 떨림이 줄어들진 않았지만, 분명 나아진 점은 그 떨림이 부끄럽지 않다는 것이다. 당시의 나는 누군가 앞에서 말을 해야 하는 상황이 몹시 부끄러웠고, 그 부끄러움 때문에 할 말을 제대로 전하지 못했다.

정수기에서 더운물을 받아 빳빳한 대걸레에 붓는다. 곧장 걸레가 녹지도, 흐물거리지도 않는다. 어느 부분은 녹고, 어느 부분은 여전히 꽁꽁 언 상태다. 모순을 간직한 저 밀대 끝 파란이 좋다. "마대 좀 빨고 올게요."하곤 몇 분을 허비할 수 있어서는 아니다. 그저 모순을 가진 것들이 좋다. 모순적인 것들에겐 인간적인 면모가 있다. 인간은 지속해서 모순을 행하고, 모순은 인간다움을 말한다. 동전은 양면을 가졌고, 양면성은 동전의 대표적인 특징이 되었다. 빛과 어둠의 공존으로 공간이 생겨났다. 부재로 인해 무언가 존재할 가능성이, 이별로 인해 새로운 만남의 기회가 부여된다.

몇 번 더 더운물을 붓자 어느 정도 바닥을 닦아낼 정도의 상태가 되었다. 따스한 봄날이 오면 저 대걸레도 평소 모습처럼 처진 모습으로 돌아올 것이다. 축축한 여름이 오면 물기가 제대로 마르지 않을지도 모른다. 외부의 변화에 민감하게 반응할 저 대걸레가 앞으로도 인간적으로 느껴질 것만 같다. 오늘도 난 수백 가닥의 모순을 녹이기 위해 더운물을 붓고 발끝으로 걸레를 꾹꾹 누른다.

스물한 장

종잇장처럼 감정을 푹 찢어낼 수 있다면 얼마나 좋을까. 스프링 노트처럼 상실감을 반듯하게 뜯어낼 수 있다면 얼마나 좋을까. 단번에 잘린 종이 단면이 매끈한 것처럼 헤어짐을 마주한 뒤의 나도 매끄러울 수 있다면 얼마나 좋을까. 누군가의 마음은 줄 없는 무지 공책, 누군가의 마음은 착실하게 그어진 줄 공책과 같다. 나는 후자의 마음을 가지고 있어 내 안의 작은 기준선들이 있다. 만들어졌을 때부터 이미 그어진, 반듯하게 그어진 줄 때문에 통제에서 조금이라도 벗어난 상황들을 마주할 때면 불편한 기운을 느낀다. 선 안에 들어온 것들이 작으면 작다고, 크면 크다고, 짧으면 짧다고, 길면 길다고 불평한다.

그러다 문득, 줄 공책 간격만큼 내 마음의 공간도 좁지는 않았는지, 그 작은 틈바구니로 새로운 감정들이 들어올 수나 있었는지 되새겨본다. 내 작은 틀에 모든 상황을, 많은 인연을 꿰맞추려고 하지는 않았는지 반성해본다. 줄 공책 같은 사람이더라도, 무지 공책 같은 사람이 될 순 없더라도, 공책에 그어진 기준선에만 맞춰 살아가는 꽉 막힌 사람은 되지 말아야 할 텐데.

스물두 장

　49,800원. 버스 앞자리에 앉은 이가 쇼핑백에서 새 옷을 꺼내어 가격표를 확인한다. 선물용인지, 자신이 입을 용도인지는 모르지만 쇼핑백 꾸겨지는지도 모른 채, 가격표를 오래도록 응시한다. 그 모습을 뒷자리에서 바라보던 나는 생각에 잠긴다. 누군가는 오만 원짜리 한 장으로 행복을 선물하고, 누군가는 오만 원짜리 한 장으로 불행을 산다. 오만 원짜리 선물을 받고 함박웃음 짓는 사람이 있는가 하면 코웃음 치는 사람이 있다. 결혼식 축의금으로 삼만 원을 내는 사람은 조롱의 대상이 된다. 뷔페값도 나오지 않는다며 혀를 내두르기도 한다. 어느 순간부터 누런 지폐 한 장이 축의금의 최소 단위가 되었다. 인간관계는 돈으로 인해 얇아지고 지폐로 인해 가벼워진다. 버스 앞자리의 저 사람, 가벼운 오만 원 한 장으로 주황색 스웨터를 사고 지폐보다 무거운 백 원짜리 동전 두 개 건네받았을 것. 가벼운 지폐. 무거운 동전. 모순덩어리 자본주의 세상에서 우리는 무언가의 경중을 제대로 파악하고 있는 걸까. 무거운 달을 떠 있게 하는 힘을 무얼까. 날아다니는 깡통은 어떤 물성을 지니고 있을까.

스물세 장

영화 〈패터슨〉에서 아담 드라이버가 착용했던 카시오 시계를 차고, 행궁동 카페 '패터슨 커피'를 찾았다. 2인 테이블에 홀로 앉아 소설책 한 권과 노트를 꺼낸다. 나도 이 시계를 차고 무언가를 읽고 적어 내려가면, 영화 속의 그처럼 소박하면서도 묵직한 몇 자 적을 수 있을까 하는 기대에서다. 시구절 영영 잊어버린다고 하더라도, 그 시절 영영 잊어버린다고 하더라도 "아-하!" 하며 생의 덧없음을 깨닫고 허벅지를 찰지게 내려칠 수 있을까 하는 마음에서다. 검은 물은 볕을 받아 연한 갈색을 띠고, 검은 나는 볕을 받아 잠깐, 아주 잠깐 싱그러워진다. 햇볕 내리쬐는 창가 자리에 앉아 식어간 마음의 온도를 다시금 조정해 본다. 왼쪽 손을 직각으로 들어 올려 좌우로 흔들자, 손목에 걸친 은색 시계가 순간 빛나며 손목 아래로 살짝, 아주 살짝 흘러내린다. 손목과 시계의 간극이 내겐 시로 다가온다. 작은 움직임이 시를 만든다. 매 순간 미묘하게 움직이고 있는 시침처럼, 작은 움직임이 시를 만든다.

스물네 장

　예전엔 그믐달을 보면 손톱 달이라 부르며, 내 맘을 할퀴고 있다고 표현했다. 오늘 밤엔 같은 달을 보며 실눈 달이라 불러본다. 저 달은 마치 지구 어딘가에서 우주 먼지 마냥 돌아다니는 작은 나를 먼발치에서 어떻게든 지켜보겠다며 가늘게 뜬 실눈 같다. 어쩌다 2월을 맞이했고, 일 년 중 가장 짧은 달을 보내며, 나는 보다 끓는 점에 가까워지고 있다. 실눈 달을 따라 가늘게 눈을 감는다. 실눈 달에 나를 꾸겨 넣는다.

스물다섯 장

　눈물이 나서 음악 볼륨을 키운다. 흐르는 방울이 볼을 타고 내려오다 방향을 바꾼다. 뭉툭한 콧날에 방울이 맺힌다. 아직 한겨울에서 벗어나지 못한 자에게 찾아온 투명한 고드름. 봄볕에 고드름 녹아내리듯 콧물이 아래로 뚝, 뚝, 뚝, 떨어진다. '고드름 주의' 안내문을 작게 붙여둔 빌라 벽면. 항상 조심스러운 것은 작다. 항상 조심해야 할 것은 작다. 작아서 쉽게 놓치고 작아서 쉽게 잃어버린다. 작은 것은 작아서 소중하다. 작은 말, 작은 마음, 작은 나. 오늘은 볼륨을 키우고 조용하고 작게 울고 싶다.

스물여섯 장

상심. 마음 잃어도 상심(喪心), 마음 다쳐도 상심(傷心).

더 이상 잃을 것 없고, 더 이상 다칠 것 없는 마음 하나 가지고 살아가는 사람은 조금은 초연해 보인다. 예전엔 그 모습이 강단 있고 멋져 보였는데, 어느 순간 쓸쓸하게 느껴진다. 강인한 표정 속에 감춰진 미묘한 슬픔이 보이기 시작한 건, 몇 번의 인연을 지나 보내고 나서야 가능했다. 무심코 만났던 한 사람이 흉(胸)에 남는다. 무심코 내뱉은 한마디가 흉(凶)으로 남는다. 마음 잃어도, 마음 다쳐도 우리는 여전하게 걸어가야 한다.

스물일곱 장

자고 일어난 사이 혓바늘이 났다. 오른쪽 입술 끝, 말할 때마다 벌어지는 틈새에 혓바늘이 났다. 입안 깊숙한 구석이 아니라 다행인지 모르지만, 말을 할 때마다 자꾸 벌어지는 상처가 따갑기도 따갑다. 발음이 새고 말이 어눌해진다. 차라리 입을 다물까. 어눌한 발음으로는 마음을 온전히 전달하지 못한다. 수많은 전선 다발 중 선 하나가 끊겨 전기가 통하지 않는 것만 같다. 티끌만큼 작은 구멍에 신경이 곤두선다. 작은 구멍이 솥뚜껑만큼 커 보이는 건 나의 모든 신경다발이 오른쪽 입술 끝, 말할 때마다 벌어지는 그 작은 틈에 쏠려있기 때문이다.

인간관계도 그러하다. 작은 말 토씨 하나에 상처를 입고, 그 상처는 잠든 사이 무방비 상태로 한없이 덧난다. 상처에 즉효 약이라는 알보칠로 상처를 누르지 못하고, 산성 높은 진실을 외면하려 한다. 제 잘못에 움츠러들고 상대를 예단한다. 발을 구르며 상대의 눈을 제대로 마주하지 못한다. 관계의 혓바늘이 났다면 가장 빠르고 정확한 방법을 통해 치료해야 한다. 알보칠 사용 설명서엔 면봉에 알보칠을 묻혀 상처에 덧대는 시간을 1분으로 권장한다. 1분, 그 1분이면 충분하다. 솔직하게 감정을 내뱉는 순간은 대체로 짧다. 하지만 찰나의 용기로 인해 누구보다 긴 인연을 이어갈 수 있다. 기껏 하나 끊긴 선으로 인해 수많은 인연 다발을 모두 뜯어내진 말자는 것이다.

스물여덟 장

"남만큼만 살아야지"라는 생각만 버려도 낭만 있는 삶을 살 수 있지 않을까.

스물아홉 장

　우리는 그럴만한 이유로 글을 쓴다. 우리는 그럴만한 이유로 살아간다. 어쩔 수 없이 써 내려가야 했던 것들, 어떻게서든 감추려 했던 것들이 있다. 사랑하지 못한 이에게 사랑은 말 못 할 무언가, 사과하지 못한 이에게 미안은 말 못 할 무언가, 작별하지 못한 이에게 안녕은 말 못 할 무언가이다. 그 무언가 전하지 못해 꾹꾹 글자를 눌러쓰고 꾹꾹 숨을 참아가며 살아간다.

서른 장

목련처럼 빠르게 낙화하는 꽃잎은 조급한 마음을 가지고 있다. 가진 몸이 무거워, 시선이 부담스러워 곧장 땅을 향해 떨어진다. 목련의 낙화보다 벚꽃의 낙화를 자주 목격하는 것은 벚꽃이 느리게 떨어지기 때문이다. 산들산들 떨어지는 저 꽃잎은 마지막을 유유히 즐길 줄 아는 멋을 지녔다. 몸에 지닌 것이 가벼워, 삶이 짐스럽지 않아 느리게 느리게 떨어진다. 자신의 감정을 기록하고 글로써 표현하고자 마음먹는 것도 마찬가지. 덜컥 내려앉는 마음 어쩔 수 없다지만, 마음속에서 느릿느릿 오래도록 맴돌고 있는 문장 몇 줄 적어내는 것은 벚꽃이 바람을 타고 그늘 사이를 수놓는 정취만큼 아름답다. 매 순간 서두르는 사람은 매 순간 서투를 수밖에 없다. 그래서 문득, 이라는 단어를 좋아한다. 빠르게 생각이 스치는 순간, 나는 느려지기 때문이다.

서른한 장

　택시 창문 사이로 들어온 새벽바람에 앞머리가 휘날린다. 목적지에 조금이라도 빠르게 도달하려는 택시에 엉덩이가 들썩인다. 누구보다 후끈거리는 마음과 무엇보다 차분한 노랫소리가 동시에 나를 감싼다. 서행 표지판을 무시하는 택시처럼 빠르게 치솟는 감정. 삶이 집까지 배달해 주는 택시처럼 간단한 것이었으면. 카드를 내밀지 않아도 되는 자동 결제 시스템과 같았으면. 분리수거 항목처럼 비닐류와 일반 쓰레기, 캔과 플라스틱, 병과 음식물 쓰레기로 인생의 세목을 나눌 수 있다면. 그래서 그것들이 내 의도와는 다르게 오해의 소지를 사지 않을 수 있다면. 삶이 스틱형 숙취 해소제처럼 간편한 것이었으면. 자르는 선을 손에 쉽게 잡히는 방향으로 미리 뜯어 놓을 수 있다면. 택시를 타고 편하게 버스 노선을 가로질러 도착한 아파트 단지. 엘리베이터를 타고 수직으로 편하게 몸을 이동시킨다. 무언가를 타고 타고 다다른 집 앞. 현관 불이 켜지지 않는다. 움직임을 감지하지 못하는 센서 등. 오늘은 고장 난 센서 등처럼 요란한 마음을 감지하지 못한 채 오직 조용하게 잠들고 싶다. 친절하게 표시된 절취선을 따라 새벽을 뜯는다.

서른두 장

　곧게 내리는 비는 없다. 곧게 걸어가는 사람도 없다. 중력에 의지해 살아가는 우리도, 그 거대한 힘에 기대어 살아가는데, 눈에 보이지 않는 마음들은 어디에 기대어 살아갈 것이며, 그 가벼운 것들은 얼마나 비껴나갈까. 비 오는 낮 거리를 걸으며 수 없이 엇갈린 인연들을 떠올린다. 비틀비틀 걷는 사람을 싫어하면서도 어느 날은 그들이 부러워 한껏 술의 힘을 빌려 본다. 비틀거릴 수 없는 난 소주에 기대어 비틀거린다. 물웅덩이 같은 사람을 만나면 풍덩 빠져도 본다. 마구 튀는 빗물 같은 마음을 가지고 살아 어쩔 땐 시원도 하지만, 대부분의 날들은 바지가 더러워지는 삶을 산다.

서른세 장

요샌 부쩍 온몸이 간지럽다. 언제 이렇게 건조한 사람이 되었을까. 간질간질한 마음은 어디 가고, 간지러운 피부만 남았을까.

서른네 장

빈 가지를 사랑한다. 나뭇잎이 붙어 있지 않아서가 아니다. 나뭇잎을 용기 있게 벗겨낸 빈 가지가 겪은 풍파를 읽을 수 있어서도 아니다. 꽃피우지 못한 아쉬움의 연민도 아니다. 단지 나와 비슷한 모습이라서도 아니다. 빈 가지는 빈 가지이기에 사랑스럽다. 덜어냄의 미학도 복잡한 세태에 대한 반항도 아니다. 학교에서 들려오는 웃음소리처럼 빈 가지는 빈 가지이기에 사랑스럽다. 여린 마음 여린 가지 여린 생각을 똑 떼어 낸다. 단음절의 비명으로 봄을 떼어 낸다. 빈 가지는 초록에 지친다. 빈 가지는 노랑이 무섭다. 겨울이 가고 봄이 와도 빈 가지는 빈 가지이고 싶다. 그런 빈 가지를 사랑한다.

서른다섯 장

튀어나올 것 같은 말을 지그시 누른다. 터질 것 같은 짜증을 움켜잡는다. 나도 모르게 내뱉는 촌철을 삼킨다. 두꺼운 이불을 덮고 자듯, 적정량의 무게감으로 나를 눌러본다. 휴지가 날아가지 않도록 문진을 올리듯, 스스로 삶에 재갈을 물린다.

서른여섯 장

길거리를 혼자서 돌아다니는 어린아이를 보면 어릴 적 내 모습을 보는 것 같아 가슴 한구석이 아려온다. 저 아이도 맞벌이라는 이름 아래, 오랜 시간 혼자의 힘으로 하루의 상당 부분을 보내고 있진 않을까. 요즘 재미 좋으냐는 안부 인사에, 힘들지 않으냐는 걱정의 말에 침묵으로 일관하다 어, 라는 외마디를 내놓는다. 불현듯 눈물이 핑 도는 순간이 종종 찾아온다. 내게 있어 "아쉽다"는 언제쯤 "아, 쉽다"가 될 수 있을까. 목발에 팔꿈치를 대고 계단에 걸터앉아 있는 저 사람은 어떤 상념에 잠겨있을까. 나도 다리가 아프면 덜 돌아다니게 될까. 나도 머리가 아프면 덜 생각하게 될까.

구체적인 고민을 하고 비 구체적인 행동을 한다. 생각은 행동으로 희석된다고 하는데, 내 생각은 점점 짙어지는 것만 같다. 지상에서 지하로 내려온 순간, 찬 바람이 분다. 이 막힌 통로 속에서 대체 바람은 어디서 불어오는 걸까. 환기란 게 필요한 지금, 내 마음 한 층을 깊게 파볼까. 삽이 수월할까, 아니면 세 손가락이면 충분할까. 내 마음은 단단할까, 물렁할까.

내 오른쪽 광대엔 지워지지 않는 손톱자국이 있다. 엄마 등에 업힌 채 버스를 탔던 유아기의 나는 또 다른 엄마 등에 업힌 아이에 의해 얼굴이 파였다. 내 얼굴을 할퀸 그이는 지금 나의 살갗을 손톱 속에 간직하고 있을까. 나는 이미 한 번 파인 사람인데 반대로 무얼 파내려고 했는지, 바짝 자른 손톱을 바라본다. 오늘 아침에도 정갈하게 자른 손톱이다. 나는 무엇을 긁어내고 무엇을 깎아냈는지. 그거 욕심 아니었는지, 이른 아침의 숙취 아니었는지.

손톱도 뼈인가요, 라는 질문을 던진 아침. 어느새 자라난 발톱과 바짝 깎은 손톱을 번갈아 쳐다본다. 오늘은 왜 슬리퍼를 신고 나왔는지, 긴 발톱과 짧은 손톱을 밖에 드러내놓고 돌아다니는 것이 그 자체로 아이러니다. 치아도 뼈인가요, 라는 질문을 던진 새벽. 손톱도 뼈가 아니고(피부의 각질층이라고 한다), 치아도 뼈가 아니라는 답변을 받는다(치아는 재생이 되지 않는다). 피부에 의해 피부를 뜯긴 어린 시절의 나는 이미 인간에게 상처받을 운명을 점지받았는지 모른다. 저 아이에겐 부디 가느다란 상처 하나 생기지 않기를. 아이가 시야에서 사라질 때까지 뒷모습을 한참 바라보았다.

서른일곱 장

인스타그램 계정 삭제 버튼을 누른다. 삭제 이유를 묻는다. 다양한 항목이 보인다. 몇 개는 맞고 몇 개는 틀리다. 가장 그럴 법한 이유를 고른다. 마지막으로 삭제를 위해 비밀번호를 입력하란다. 저 기계 녀석이 삭제를 빌미로 나만 알고 있는 진실을 말하라며 거듭 종용한다. 그동안 비밀번호는 자동 완성, 아이디는 자동 로그인이었던 난 술에 취해 도어록을 몇 번이고 열었다 닫았다 하는 사람처럼 비밀번호를 연신 잘못 입력한다. 몇 번의 시도 끝에, 휴대폰으로 날라 온 확인 문자 끝에, 삭제 버튼을 눌렀더니 한 달의 유예 기간이 주어진다. 언제든지 선택을 번복해도 괜찮다는 일종의 배려일까. SNS 계정을 삭제하는 데에도 이렇게나 귀찮은 절차를 거쳐야 하고, 구태여 한 달의 유예 기간까지 주어지는데, 사람과 사람 사이의 연을 풀어내는 데엔 어느 정도의 절차와 시간이 필요할까.

잘 이용하지 않던 넷플릭스 구독을 취소한다. SNS 계정 삭제에 비하면 훨씬 무난한 과정이다. 그리고 지금 취소한다고 하더라도 결제한 날로부터 30일이 지나는 시점까진 이용이 가능하다고 한다. 비용을 지불하였으니 그때까진 합당하게 이용하라는 것. 단칼에 끊어내진 않겠다는 것. SNS 계정 삭제의 유예 기간이 부조리하게 느껴지다가 플랫폼 구독 취소의 잔여 기간은 합리적으로 다가온다. 그럼에도 어김없이 비슷한 질문을 던지는 구독 취소 창의 메시지. '구독을 취소하게 된 이유는 무엇인가요.' 이에 가장 먼저 눈에 들어온 답변 항목은 '시청할 시간이 부족하다.'였다. 앞으로 구독 서비스를 이용하지 않는다고 없던 여유가 생길까. 기타 항목에 사적인 이야기를 푸념하듯 늘어놓으면 그들이 과연 읽어보기나 할까. 대충 아무런 항목을 선택하고 구독 취소를 누르려는 순간, 하단부의 서늘한 한마디가 보인다. '회원이셨던 때가 그립습니다. 어서 돌아오세요.' 왜인지 모르게 멈칫하게 되는 마지막 인사. 그립다니, 마음에 멍에를 얹은 듯 시선이 무겁다. 돌아오라니, 다시는 돌아오지 못한 메아리가 귓바퀴를 감돈다.

처음 아닌 삭제, 수없이 반복해왔을 취소. 아마도 작별을 연상케 하는 단어들은 평생 익숙해지지 못할 것만 같다. 세상엔 마지막 인사를 나누지 못하고 헤어진 것들이 많다. 누군가 죽이고 싶어질 때 날지 않는 새의 이름을 하나씩 적는 시인처럼, 누군가와 작별하고 싶어질 때면 인사 없이 떠난 이들의 이름을 하나씩 적어내기로 한다.

서른여덟 장

도심 속 한가운데 생긴 싱크홀과 머리카락을 먹어 치우는 수챗구멍 사이엔 어떤 차이점이 있을까. 머릿속의 빅뱅. 점점 팽창해가는 고민거리. 자전거 바퀴도 고무 구멍 하나 연다고 바람이 곧장 빠지지 않는다. 일정량의 압력을 가해야만 바람이 빠져나간다. 현재 나의 상태는 압력이 턱없이 부족한 상태. 좋은 글을 읽고, 소중한 사람들과 대화를 나눠도, 머릿속 고민을 밖으로 내보낼 만큼의 힘이 되진 못한다.

왜 머릿속엔 손가락 사이 하얀 공허가 없을까. 왜 머릿속엔 치아 사이 검은 공백이 없을까. 머리에 구멍 하나 생기면 그것은 곧 죽음이기 때문일까. 그렇다면 끝없이 팽창하는 고민은 죽기 전까지 멈추지 않는 걸까. 더 이상 상처받기 싫은 마음으로 살아가는 요즈음, 간절할수록 시가 써지지 않고, 상처받지 않으려고 발버둥 칠수록 점점 나약해지는 나를 발견한다. 작은 것은 밟히기 쉽다. 보이지 않아서, 중요치 않아서, 얕잡아 봐서, 무용에 가까워서. 차라리 작아지고 싶다. 그래서 고민의 크기가 작아질 수 있다면. 고민의 절대량이 적어질 수 있다면.

서른아홉 장

　가슴 속 깊은 곳에 가라앉은 지난날의 후회들. 잊고 살던 순간들이 불쑥 나를 찾아오는 날에는 헛헛한 마음을 달래기 위해 24시간 순댓국집엘 찾아가 소주 한 잔을 기울여야 할 것인데, 이놈의 바이러스는 좀처럼 종식될 기미가 보이지 않는다. 그에 비해 후회라는 감정 노동자는 오후 9시가 넘어서도 도무지 영업을 끝낼 기색이 없다. 순댓국 바닥에 깔린 들깻가루를 숟가락으로 뒤적이다 보면 삶의 힌트를 조금 얻을 수 있을까 싶은데, 병들어가는 지구는 나를 살려줄 여유가 없다. 뿌연 미래에 투명한 소주가 되려 현명한 답처럼 보이는 오늘 밤. 무심하게도 투명한 액체는 점점 더 나를 뿌옇게 만든다. 늘어만 가는 근심은 나를 살려줄 여유가 없다.

마흔 장

　행동의 빈도수가 많아지다 보니, 덩달아 실수의 가능성도 커지게 됐다. 실수의 가능성을 가늠하게 되자, 시도에 인색하게 되는 나를 발견하게 됐다. 시도하지 않으면 아무런 일도 생기지 않는단 걸 이미 몇 번의 경험으로 체득했음에도, 실패의 쓴맛은 좀처럼 적응하기 어려운 맛인가 보다. 결국 모든 맛은 쓴맛으로 귀결되는 걸까.

　3월의 어느 날, 독립서점 오평에서 버터가 듬뿍 들어간 빵을 먹은 적이 있다. 친구와의 약속이 있던 터라, 서점을 나오며 버터 빵을 하나 포장해갔다. 친구는 버터 빵에 소금을 찍어 먹으면 그렇게 맛있다며 소금을 꺼내 왔다. 대체 무슨 맛이려나, 단짠단짠 그 자체일까. 반신반의하는 마음으로 빵에 소금을 찍어 입으로 가져왔다. 근데, 이게 웬걸, 맛있었다. 달지도 짜지도 않고 정말 맛있었다. 사실 생각해 보면 매운 양파도 된장에 찍어 먹으면 달았다. 그토록 속을 아리게 하던 마늘도 고기 불판에 구워내면 고소했다. 이것은 맛의 문제일까, 맛을 받아들이는 태도의 문제일까. 본래 세상은 쓴맛일 수도 있겠다는 생각이 든다. 우리가 삶을 편히 대하기 위해 다른 맛으로 부단히 희석하고 있었는지도.

살다 보니 어릴 적에 소주를 마시며 "소주 달다"하는 자기 과시가 더 이상 허풍이 아닌 시기가 찾아왔다. 하지만 술맛을 받아들이는 세월의 흐름 속에서도, 실패의 쓴맛엔 여전히 적응하지 못했다. 백 번의 도전보다 한 번의 실수에 매몰되던 나였다. 실수한다고 하더라도, 실패한다고 하더라도 도전이란 큰 용기에 박수받아 마땅할 텐데, 과연 실패의 맛이란 천 번쯤 도전하고, 이백 번쯤 고개 숙이고, 세 번쯤 크게 울어야 익숙해질 맛인 걸까.

새벽은 쓴맛을 공고히 하는 시간이다. 누군가는 쓴맛을 제조하고, 누군가는 쓴맛을 희석하기 위해 새벽을 지새운다. 오늘은 부디 그 국자에서 손을 놓고 싶다. 설탕도 여러 번 덧칠하면 결국 쓴맛이 난다. 단 사람이 되려고 할수록 쓴 사람이 된다. 모든 사람을 만족시키기 위해 좋은 사람이 되려 한 건 아닌지, 모든 시도가 눈에 보이는 결과로 이어지길 바란 건 아닌지, 앞니로 혓바닥 끝을 지그시 눌러본다.

마흔한 장

마디가 접히지 않는 약지 발가락을 가지고 태어난 나는 태어났을 때부터 꺾을 수 없는 삶의 불구가 있다. 내가 이렇게 되지도 않는 것들을 붙잡고 아집을 부리고 있는 건, 불구를 표현하는 또 다른 방식일지도 모르겠다.

마흔두 장

한 번 풀린 나사는 다시 조이기 어렵다. 조이기 어려운 것뿐만 아니라 나사가 바닥에 떨어져 다시는 찾지 못하는 것인데, 그 잃어버린 나사 하나가 이 세상 어디에도 없는 하나뿐인 모형이란 사실을 잃어버리기 전까지는 전혀 알지 못한다는 점에서 어렵다. 이미 홈이 난 곳에 다른 나사를 넣어 조인다고 해도 나사가 헛돌 뿐이다. 그렇게 우리는 너덜너덜해진 채로 인생을 살아간다. 길거리에서 종종 맥없이 걸어가는 사람들을 마주한다면, 그들은 기실 어떤 관계에 있어 나사가 풀린 사람들이다.

요즈음 길거리엔 그런 사람들이 많다. 너덜너덜한 손으로 스마트폰을 붙잡고, 너덜너덜해진 눈으로 멍하니 네모난 화면 속을 바라보며, 너덜너덜한 관계를 만들어가는 사람들. 나사 하나 빠진 의자가 삐걱거리듯, 나사 하나 빠진 사람들이 휘청이며 걷는다. 나는 힘 빼고 살아가고 싶지만, 힘없이 너덜거리고 싶지 않다. 나는 틈이 많은 사람이지만, 흠이 많은 사람이고 싶지 않다. 나는 담백한 사람이 되고 싶지만, 싱거운 사람이 되고 싶지 않다.

마흔세 장

정오에 가까워지는 시간, 느지막이 일어나 협탁 위에 놓인 자리끼를 단번에 들이켰다. 마른 혀와 입술은 촉촉해졌지만, 여전히 입술 오른쪽 끝, 말할 때마다 벌어지던 상처는 굳은 찰흙처럼 갈라져 있다. 몸을 일으켜 화장실로 향해 세면대 앞에 섰다. 알보칠 뚜껑을 열고 하얀 면봉을 담갔다. 하얀 면봉엔 단풍이 들었고, 나는 그 단풍을 혓바늘로 가져왔다. 입가에 바르르 경련이 일었다. 외부 자극으로 인해 침샘에서 분비된 무채색 점액이 턱선을 타고 흘러내렸다. 입술 끝에서 턱으로, 턱에서 검지로, 검지에서 팔꿈치로 침이 흐르는 1분 동안 면봉을 혓바늘 중심부에 대고 지그시 눌렀다. 단풍으로 누른 염증엔 그새 하얀 눈꽃이 피었다. 계절이 변하듯 1분이란 시간이 지났다. 하루 이틀 뒤엔 산화된 염증 위로 따스한 봄날의 새싹처럼 새살이 돋을 것이다. 이제는 익숙해진 알보칠 활용법. 나는 앞으로도 계속해서 상처가 생길 테고, 이내 아파하고 덧나다가, 결국 혼자서 나름의 방식으로 치료할 것이다. 그렇게 사계절을 몇 번이고 흘려보낼 것이다.

마흔네 장

구멍 없는 삶을 살아오던 중, 입술에 덩그러니 구멍이 생겼다. 그것은 숨구멍이었다. 들어갈 수도, 도망갈 수도 없는 작은 구멍. 우린 모두 바늘구멍을 지나가기 위해 몸을 한껏 움츠린다. 혓바늘은 누군가에 의해 생기는 상처가 아니다. 내 몸이 나에게 주는 경고다. 바늘구멍에 자신을 욱여넣는 내게 주는 세상에서 가장 작은 경고. 우리는 아픔이 찾아와야지만 잠시 멈춰서는 사람들이다. 우리는 아픔이 찾아와야지만 잠시 숨을 돌리는 세상 속에 살고 있다.

마흔다섯 장

박장대소 아닌 파안대소하는 사람이 좋다. 손뼉을 치며 크게 웃는 사람은 웃음을 강요하는 것 같지만, 얼굴이 한껏 찌그러질 듯 웃는 사람은 혼자만의 감상에 빠진 사람처럼 보여서다. 그래서 술자리 한구석에서 시답지 않은 농담에 남몰래 웃음 짓는 사람이 좋다. 진지한 이야기에 말없이 고개를 끄덕이다, 어느 순간 실없이 웃는 사람이 좋다.

마흔여섯 장

무거워서 가라앉는 대신, 가벼워서 차분해지고 싶다.

마흔일곱 장

창밖 세상을 명료하게 내다보기 위해 안경을 쓰던 내가, 당신을 바라보기 위해 안경을 벗었다. 너무 많은 것을 보게 되면, 너무 많이 알게 되어, 너무 많이 사랑하게 될까 무서웠고, 너무 많이 미워하게 될까 두려웠다. 차 없는 거리엔 무리 지어 돌아다니는 사람들이 많다. 그것은 차량이 들어오지 못하도록 입구를 막아놓았기 때문이다. 길거리엔 연인들이 많다. 그것은 인간이 사랑하도록 설계되었기 때문이다. 먹고 싸고 자고 사랑하게끔 만들어진 우리는 그 설계대로 착실히 자신을 조형한다. 김이 펄펄 나는 해장국을 먹기 위해 안경을 벗듯, 사랑을 위해 안경을 벗는다. 뜨거운 것은 열기를 내뿜고, 열기는 눈앞을 흐린다. 우리가 빈번하게 사랑하고 빈번하게 사랑에 눈이 머는 것은 바로 그 때문이다. 창밖을 내다보기 위해 안경을 썼다. 너를 바라보기 위해 안경을 벗었다.

마흔여덟 장

한 달 전, 오복식당에서 나이키 에어포스 신발을 바꿔치기 당했다. 신발을 벗고 들어가야 하는 냉동 삼겹살집이었는데, 누군가 같은 종의 신발을 자기 걸로 착각하여 바꿔 신고 간 것이다. 어쩔 수 없이 발가락 부분이 한껏 꾸겨진 다른 이의 신발을 신고 나왔다. 5밀리미터밖에 크지 않았는데, 착화감이 전혀 달랐다. 흙길을 자처하며 정성스레 하얀 신발을 더럽혀 왔는데, 그 노력을 취객의 착각으로 인해 더 이상 지속하지 못하게 되었다. '분실 시 책임지지 않습니다.' 제주 환상 자전거길 종주를 함께한 소중한 신발의 부재를 그 누구도 책임져 주지 않았다.

분실 후 며칠이 지난 어느 날, 영통역 부근을 지나가던 중 ABC 마트가 눈에 들어왔다. a, b, c, d, e, f, g … 삶을 알파벳 순으로 보기 좋게 나열할 수 있다면 얼마나 좋을까. 알파벳 송을 흥얼거리다 나도 모르게 가게 안으로 발길을 옮겼다. 때마침 다른 이의 신발을 신고 외출했던 탓에, 신발을 새로 하나 마련해볼까 하는 마음도 있었을 것이다. 매대를 살펴보다 마음에 드는 디자인의 신발을 발견했다. 흰색과 검은색 중에 무엇을 살까. 오늘도 나를 괴롭히는 양자택일의 고민이다. 검은색은 하얘질 수 없지만, 흰색은 까매질 수 있다는 생각에 흰색 운동화를 골랐다. 가격은 69,800원으로 생각보다 저렴했다. 가격 전략의 일환으로 교묘하게 측정된 신발값을 지불하며 다시한번 생각했다. 오늘날, 200원으로 살 수 있는 것은 없다고.

흰 운동화를 더럽히기 위해 며칠 동안 열심히 걸었다. 어떤 날은 하루에 이만 보를 걷기도 했다. 일주일 정도 연달아 신고서 외출을 했으니 오만 보 정도는 새로 산 신발을 신고 다녔을 것이다. 이 정도면 신발에 적응할 때가 됐는데, 오히려 발이 아팠다. 오만 보를 함께한 신발을 신고 오만상을 지었다. 사이즈를 잘못 선택한 걸까. 내 신발 사이즈는 245밀리미터. 구매 전에 신어 봤을 땐 딱 들어 맞았는데 이상하다. 내 발이 이상한 건가, 신발이 이상한 건가. 그것도 아니라면 보폭에 문제가 있던 걸까. 하얀 신발이 충분히 더러워지기도 전에 신발에서 문제점을 찾는다. 삶을 충분히 살기도 전에 주변에서 문제점을 찾으려 했던 어제처럼.

오늘 어떤 옷을 입는지에 따라 하루를 대하는 태도가 달라진다. 어떤 신발을 신는지에 따라 신발을 신은 사람의 발 상태는 물론이거니와 그날의 기분까지도 좌지우지된다. 편한 옷차림으로 외출하면 그렇게 나 자신에게 가까워지는 기분을 받을 수 없다. 옷도, 신발도 착용할수록 내게 딱 들어맞는 것들이 있다. 예전엔 한번 240짜리 워커를 신고 온종일 돌아다닌 적이 있다. 그 하루로 인해 내성 발톱이 생겼다. 내게 맞지 않은 신발을 신었다는 이유로 한동안 발톱이 제 살을 파고 들어간 것이다. 어떤 삶은 살아갈수록 내게 딱 들어맞는다. 어떤 삶은 살아낼수록 자기 목을 조이기도 한다. 우린 살아가고 있는 걸까, 살아내고 있는 걸까.

마흔아홉 장

오늘 새벽엔 이유 모를 투정을 인스타그램 피드에 흩뿌렸다. 십 분도 지나지 않아 흩뿌린 투정을 주워 담았다. 하지만 디지털 공간에 뿌려진 문장들을 곧바로 주워 담을 순 없는 법. 사진들과 글을 지워내는 도중, 누군가가 내게 위로의 말을 건넨다. 댓글도, 디엠도 아닌, 개인적인 카카오톡 메시지로. 잘 돼가고 있는 거라며, 조건 없이 응원하고 지지해주고 그걸 또 받아내고 쏟아내는 그런 거, 나쁜 거 아니라며. 너무 걱정하지 말고 잘 자라며. 공연히 쏟아낸 투정을, 실수로 물병을 엎지른 것처럼 묵묵히 닦아주는 그의 말을 들으며, 나는 눈물을 참는다. 이런 것에 눈물을 흘리면 모든 일에 젖을 것이라며, 자신을 다독인다. 하지만 결국 참았던 눈물을 쏟아내듯, 인스타그램 계정에 올린 과거의 사진들을 지운다. 지우고 지운다. 남길 것만 남기고 싶은데, 남기고 싶은 게 없다. 그저 그런 과거들 같다.

4년 전에도 잠에서 깨어 갑자기 계정을 삭제한 적이 있다. 새벽에 지워낸 계정 안에 남겨진 과거의 생각들이 많지만 이젠 가져올 수 없는 것들. 마찬가지로 지금 지워내면 훗날 그리

위하게 될 이미지가 선명하다. 고심 끝에 과거를 지워낸 후, 남은 스물여섯 컷의 이미지를 바라본다. 빈지노 노래를 좋아하는 것을 지금도 티를 내는지, 스물여섯 컷의 흑백필름처럼 남은 기록들이다. 그 기록엔 친구들, 인연들, 업적들이 있다. 그리고 내가 있다. 하지만 그 속에 나는 내가 아닌 것만 같다. 당시 내가 제일 잘 보이고 싶어 했던 나만 남아있다. 웃어도 웃은 것 같지 않은 미소. 입꼬리만 올라간 채 멀뚱멀뚱한 두 눈. 여전히 어색한, 카메라를 신경 쓴 몸동작. 인스타그램 피드에 남아있던 나는 내가 아니었다.

그래서 억지스러워 보이는 내 사진을 모두 지웠다. 남아있는 사진 속의 나는 내가 생각하는 진정한 나다. 때론 철부지처럼 웃고 때론 당당하게 행동하는 나. 때론 수줍고 때론 활기찬 나. 그게 나다. 이제야 조금은 알 것 같다. 그것이 나란 걸. 여러 모습이 공존하는 사람이란 걸. 참았던 눈물을 왈칵 쏟아내고서야 알게 되는 내 모습이 있다. 무심코 왈칵 쏟아내고서야 괜찮아지는 순간이 있다.

쉰 장

오늘은 조용히 우는 법을 배웠습니다. 훌쩍이지 않고, 콧물 흘리지 않고, 숨죽여 우는 법을 배웠습니다. 언제고 쓸 일이 있을 것 같아서요. 앞으로 더 큰 슬픔이 찾아올 때가 있을 것 같아서요. 지금보다 큰 슬픔이, 오늘보다 거대한 아픔이, 무던히 나를 지나갈 수 있도록. 그럴 수 있도록, 오늘은 조용히 우는 법을 배웠습니다.

어떤 한 자세를 오래도록 유지하면 피가 잘 통하지 않는다. 원상태로 복구되었을 때, 피가 다시 통하면서 그 부위가 저리기 시작한다. 저리다는 건 본래의 성질로 되돌아가겠다는 것이고, 저리다는 건 자신에게 익숙한 자리로 다시 돌아가겠다는 것이다. 반대로 말하자면 저리다는 건 무언가를 그리워한다는 것이고, 저리다는 건 감내할 만한 가치가 있다는 것이다.

쉰한 장

소주잔에 술을 가득 채운다. 더는 아무것도 들어오지 못하
도록.

쉰두 장

넙데데한 철판 위에 양배추를 깐다. 길게 썬 고구마와 떡볶이 떡을 골고루 올린다. 주문량에 맞춰 비닐봉지에 소분해 놓은 닭갈비를 넣는다. 그 위에 물과 물엿을 붓고, 양념 소스와 특제 양념 소스를 한 국자씩 퍼 넣는다. 마지막으로 잘게 자른 깻잎을 맨 위에 올린 후 손님상으로 나간다. 불을 켜고 철판을 올린다. 얼마 지나지 않아 양배추에서 물이 나와 자작하게 끓기 시작한다. 수시로 손님상에 가서 닭갈비를 볶는다. 철판에 눌어붙지 않도록 자주 뒤집는다. 술을 시키면 순대 반 접시를 서비스로 내어준다. 여기저기 불 켜진 테이블을 바삐 돌아다니며 닭갈비를 볶는다.

나는 닭갈비를 볶고 손님들은 이야기를 볶는다. 누군가는 지지고 볶고 사랑을 하고, 누군가는 철판에 떡이 달라붙듯 어색함에 입을 떼지 못한다. 닭갈비가 익어갈수록 야채의 숨이 죽고 딱딱했던 떡이 말랑말랑해진다. 그들도 술이 들어갈수록 서먹했던 분위기가 풀리고 대화가 무르익는다. 점점 졸아드는 국물은 먹음직스럽게 닭갈비와 양배추로 스며든다. 닭갈비를 볶으며 그들의 대화를 엿듣는다. 그야말로 철판 속 세상사다.

그들은 소주잔으로 우정을 확인하고, 맥주잔으로 사랑을 나누며, 막걸릿잔으로 정치를 논한다. 눈앞에 놓인 둥근 철판이 그들에겐 온 지구요, 철판 속에서 열을 내며 익어가는 갖가지 재료들은 이 세상 삼라만상이다.

　가까운 곳에서 그들의 이야기를 조용히 듣고 싶지만, 철판 위에 고기를 너무 오래 볶으면 질겨지는 법. 그들의 이야기는 그들에게 맡겨두고, 또 다른 이야기를 찾아 새로운 철판 위에 양배추를, 고구마를, 떡을, 닭갈비를, 물을, 물엿을, 소스를, 깻잎을 올린다. 매일 저녁 나는 닭갈비를 볶고 그들은 그들만의 이야기를 볶는다.

쉰세 장

어 린 이 보 호 구 역
SCHOOL ZONE
3 0
여   기   부   터
속 도 를 줄 이 시 오

노 인 보 호 구 역
여   기   부   터
속 도 를 줄 이 시 오

나의 보호구역은 어디에

시속 30킬로미터는 내게 너무 빠른 속도
시속 30킬로미터는 내게 너무 치명적인 속도

쉰네 장

애호박을 한 손에 움켜쥐고 길을 걷는 사람이 보인다. 봄을 머금은 저 초록색 호박은 네모나게 잘릴까, 둥그렇게 잘릴까. 깍뚝 썰린 호박은 냄비 안에서 된장과 어울려 아이들 편식의 주범으로 몰리게 될까. 계란과 함께 밀가루 밭을 뒹굴고 튀겨진 채 간장에 적셔져 어른들 술안주로 사랑받게 될까. 어떤 형태로 어떤 음식이 되어도, 나름의 맛을 내며 누군가를 웃음짓게 해줄 터. 삶의 부침을 겪고 있는 이에겐 애호박전 같은 부침개가 어울리진 않을까 하는 이상한 생각의 흐름은 애호박을 한 손에 움켜쥔 여인으로부터 시작됐다.

덜 자란 아이 호박이란 뜻의 애호박. 투박해 보이는 호박 앞에 애, 하나 붙였을 뿐인데 괜스레 귀여워지는 건 왜일까. 세상 모든 단어 앞에 '애'라는 접두사 붙이고 싶어지는 산책길이다. 뜻깊은 하루는 더욱 애틋해지고, 쓰기만 했던 하루는 애쓴 하루가 된다. 세상 모든 단어를 아이 보듯 사랑스럽게 바라보게 되는 저녁 길이다.

쉰다섯 장

카페에서 들려오는 “씨발”과 술집에서 들려오는 “시발”은 왜 다르게 느껴질까. 씨발, 아메리카노를 처음 마셨을 때처럼 쓰다. 시발, 소주를 처음 마신 날처럼 쓰다. 둘 다 쓴 욕, 둘 다 쓰디쓴 액체인데 사뭇 다른 씨(시)발. 공간의 문제인지, 나의 문제인지, 그들의 문제인지. 도통 모르겠는 마음을 가지고 집으로 돌아온다. 거실에서 들려오는 “시이발”은 또 왜 그렇게 듣기 싫은지. 이것은 욕 자체의 문제인가, 욕을 하는 사람이 문제인가 싶다가도 언어를 배운 인간의 탓으로 귀결된다.

누군가는 ‘씨, 발아한다’라며 언어유희를 하지만, 내겐 시발이든, 씨발이든, 시이발이든, 무엇 하나 달갑지 않은 욕일 뿐이다. ‘씹’이며, ‘좆’이며 하는 것들. 연인에게 “야”, “니”라고 부르는 것만큼 인상을 찌푸리게 되는 단어들이다. 모두 한 글자에 불과한데, 그 한 글자로 인해 기분이 ‘썩’ 좋지 않고, ‘팍’ 상하기도 한다. 우리도 어찌 보면 사람 ‘인’으로서 한 글자 인생 살아가는 것인데, 몇몇 한 글자 때문에 ‘삶’이나 ‘생’으로 불리는 것들을 망치지 않았으면 한다.

향, 물, 쑥, 빛, 글, 놀, 책, 산, 절, 낮, 볕, 손, 차, 밤, 품, 달, 봄, 둘, 뜰, 잎, (...) 아, 참, 술!

상상만 해도 좋은 한 글자 단어들이 수두룩하다. 이것들로 하루를 채우기도 모자랄 텐데. '입'에서 내뱉지 않으면, '귀'에 들리지 않을 텐데. "아니 씨발, 네가 먼저 그랬잖아." 카페 먼 자리에서 들려오는 욕설이 정적을 깬다. 이런, '퍽(Fuck)!'

쉰여섯 장

사랑 이야기는 언제고 질리기 마련이지만, 죽음 이야기는 전혀 질리는 법이 없다. 사랑 없이 어찌어찌 살아갈 순 있지만 (물론 어렵다), 죽지 않으며 살아갈 수는 없는 노릇. 한숨 내뱉고 다시 들이켜면서 죽음에 한 발짝 다가간다. 질리지 않는 죽음을 향해 나아간다.

쉰일곱 장

태양 뒤에 숨어 다가오는 접근 비행성. 슬픔은 언제나 그렇게 '항상 있음' 뒤에 있다. 이해의 반대말은 너무 밝은 '당연함' 속에 숨어 있다. 소행성의 충돌로 인한 죽음은 누구에게 책임을 물어야 할까. 지구 종말에 의한 죽음은 과연 타살일까. 자신이 자신을 죽인다면 그것마저 타살이 아닐까.

쉰여덟 장

안경을 쓴 채로 눈물이 고이면 가로등 불빛이 사방으로 퍼진다. 오래된 아이폰 카메라에 담긴 불빛이 그리도 번지는 것은 그동안 쌓인 감정이 터져 나와서다. 울음에도 버퍼링이 있다는 걸, 후회에도 유효기간이 있다는 걸 알려주기 위해서다. 흙탕물 속을 헤엄치는 오리를 보며 자신과 같다 느낀 건, 지오디(god)뿐만이 아니었을 것이다. 요즈음 세상은 흙탕물보다 얼룩져있고, 갯벌보다 끈적이며, 오물보다 더러운 곳이라 생각된다. 서로를 더럽히기 위해 촉각을 곤두세운 사람들. 상식이 통하지 않는 시대. 그 상식이 언제 어디서부터 시작됐는지도 모른 채 몰상식하게 상식을 고수하는 나. 점점 혼자가 편해진다는 가사를 듣고서 그가 단지 투정 부리는 게 아니라고 느낀 건, 그 모습이 엊그제의 나였기 때문이다. 흙탕물을 뒤덮은 오리가 혼자서 몸부림치며 깃털에 묻은 흙들을 이리저리 털고 다니는 모습을 보면서 눈물을 삼키게 되는 건, 그 모습이 곧 내 모습 같았기 때문이다. 흙탕물을 튀기는 게 싫어서, 미안해서, 창피해서, 자꾸만 혼자가 편해지는 마음을 알 것도 같다. 두 눈을 얇게 떠본다. 빛이 번진다. 안경이 필요 없던 시절이 그립다.

쉰아홉 장

　수돗물 내려가는 소리. 냉장고 문 여닫는 소리. 의자 끄는 소리. 진공청소기 돌아가는 소리. 커피 내리는 소리. 버스 카드 찍는 소리. 티브이 채널 바꾸는 리모컨 소리. 키보드 자판 소리. 우산 펼치는 소리. 자동차 시동 거는 소리. 사람 아닌 사물의 소리가 좋다. 사람 손을 타서 생기는 기척이 좋다. 사람 손을 타야지만 비로소 발현되는 것들이 있다.

예순 장

"택민아, 잘 지내?"

어느 날 D에게 연락이 왔다. 생일도 아니었고, 새해 인사
도 아니었으며, 그 어떤 기념일도, 새벽 감성도 아닌 평일 저
녁이었다. 갑자기 내게 연락한 이유인즉슨, 문득 생각이 났다
는 것. 전역하고 5년이 지난 시점에 내 생각이 났다니. D는 14
년도 9월 군번으로 나보다 한 달 늦게 들어온 본부소대 소속의
후임병이었다. 내가 지내던 2소대와 본부소대 생활관은 건너
편에 위치해 타소대보다 조금 더 가까웠을 뿐, 그와 마주치는
시간은 우리 소대 사람들에 비하면 그렇게 많지 않았다.

그럼에도 당시 중대의 막내뻘이었던 나와 D는 6개월 동안
후임이 들어오지 않아 중대의 자질구레한 일들을 여러 차례
함께한 기억이 난다. 고단한 시기를 공유하는 동안 기껏해야
한 달 선임이었던 내가 자신을 잘 챙겨 줬다며, 그래서 내 생각
이 불현듯 났다며 연락을 해 온 것이다. 나에게조차 희미해진
시절이 누군가에겐 잠깐이나마 고마움으로 상기될 순간이라
여겨지는 것이 신기하기도 하고, 수년이 지났음에도 그때 참

고마웠다고 안부를 묻는 D에게 나는 더 큰 고마움을 느꼈다.

사실 나도 별다른 이유 없이, 스쳐 지나간 이들이 떠오를 때가 있다. 고마운 기억으로, 서글픈 기억으로, 행복한 기억으로, 억울한 기억으로, 아쉬운 기억으로… 머릿속에서 서서히 희미해지는 이름 석 자와 점점 흐릿해지는 그들의 얼굴이 있어 참 다행이다. 지우개로 지워도 지워지지 않는 필압의 흔적처럼 완전히 지워지지 않는 기억들이 지금의 나를 만들어 왔을 테니까. 평소와 다를 것 없던 화요일 밤, D와 연락을 주고받으며 나도 누군가의 흔적이 될 수 있겠다는 생각이 들었다. 문득, 군시절 수첩에 적어둔 짧은 글이 떠오른다.

오늘 처음 본 파견 인원이 나를 안다고 한다. 의아한 얼굴로 쳐다보니 작년에 감시 구역 내의 선박을 인수인계하며 내 이름을 기억하고 있었다고, 인수인계를 위해 통신기기로 통성명할 때마다 내가 전화를 받아서 기억하고 있었단다. 나조차 가물가물한 이등병 시절을 기억하는 그. 그땐 그랬지 하며 웃어넘겼으나 서서히 퍼지는 무언가. 누가 나를 알아봐서도 아니고, 그 시절로 돌아가고 싶은 건 더욱이 아닌데, 어떤 이유에서 인지 안쪽 한구석이 따뜻해지는 하루다.

우리는 누군가의 흔적이 될 수 있다. 우리는 누군가의 자취로 남을 수 있다. 우리는 누군가의 자국으로 기억될 수 있다. 우리는 누군가의 그림자로 평생을 따라다닐 수 있다. 그러므로 우리는 누군가의 상흔으로 남지 않도록 조심해야 한다.

예순한 장

건조한 관계가 물컹한 관계보다 오래 지속된다는 것을 이제는 안다. 분기에 한 번, 반기에 한 번 서로의 안부를 묻는 사이도 매일 얼굴을 마주하는 사이만큼 소중하다는 것을 이제는 안다. 건조한 관계는 서로에게 좋을 수 있지만 바짝 마른 관계는 극복하기 어렵다. 사과할수록 마음엔 구멍이 생기고, 사과하는 혓바닥은 말을 할수록 마른다. 마른 혓바닥에 침을 바르면 더욱 빠르게 마른다. 마르고 마른 관계가 지속되고 있다면, 마른 관계를 끊어내고 싶다면, 침 한 번 바르는 대신 물 한 모금이 필요하다. 자전거를 타며 조금씩 물을 마시는 것처럼 많이도 아니고 아주 조금이면 충분하다. 아주 조금의 대화, 아주 조금의 여유, 아주 조금의 배려, 아주 조금의 휴식, 아주 조금의 시간. 잦은 사과 대신 서로의 마음을 들어주는 아주 조금의 경청이면 충분하다. 잦은 사과는 젖은 사과만큼이나 문드러진다는 점. 표면이 건조한 사과는 과즙을 품고 있지만, 젖은 사과는 구멍을 품고 있다.

예순두 장

이마트 하루 이 리터 두 개, 스파클 두 개, 아이시스 두 개, 삼다수 네 개, 백산수 여섯 개, 탐사수 스물여섯 개. 1am 스파클링 탄산수 한 개, 산토리니 탄산수 네 개, 진로 토닉워터 열두 개 그리고 토닉워터 제로 한 개. 바리스타룰스 한 개, 조지아 한 개, 칸타타 다섯 개. 미린다 한 개, 미닛메이드 한 개, 토레타 세 개, 자연은 토마토 세 개, 갈아 만든 배 일곱 개. 칠성사이다 세 개, 펩시 세 개, 코카콜라 네 개. 월매 막걸리 한 개, 대한민국 쌀막걸리 한 개, 장수 막걸리 다섯 개, 지평 쌀막걸리 다섯 개. 테라 한 개, 클라우드 두 개, 카스 일곱 개. 참이슬 네 개, 처음처럼 아홉 개, 진로 이즈 백 서른세 개. 그리고 정체 모를 하늘색, 하얀색, 분홍색, 노란색 한 개씩.

작년 겨울 제로 웨이스트 샵에 처음 방문한 이래로 반년간 모은 페트병 뚜껑들이다. 그렇지만 나 하나 바뀐다고 환경이 극적으로 좋아진다고 생각하지 않는다. 삶의 터전인 지구를 재생하기 위해 거창한 사명감을 느끼고 있지도 않다. 세계 평화를 위해 마음속 작은 기도를 하고, 작은 행동이 모이면 조금은 나아지겠지 하는 마음으로 페트병을 딸 때마다 색색의 뚜껑을 모아두었을 뿐이다. 그렇게 내가 마셔낸 것이라곤 생수 몇십 통과 혼술 몇 잔 정도. 뚜껑에 적힌 제품명을 살펴보며, 비록 내가 지구를 살리진 못했어도 반년 동안 나를 살린 건 무엇인지 알게 되어 다행이란 생각이 들었다. 그리고 앞으로 멀리해야 할 것이 무엇인지도.

예순세 장

리을자 노선표 아래 갈지자 발걸음. 꾸겨 신은 운동화와 날카로운 하이힐. 수십 개의 눈동자는 모두 같은 액정 화면 속에. 검은 지하에 덩그러니 서 있는 미아. 술자리에서 도망친 사람, 술자리에서 실수한 사람, 술에 취해 흔들리는 사람이 모여든 깡통. 뒤돌아보지 못하고 검은 창 너머로 비친 모습을 힐긋 쳐다본다. 그들의 모습은 지난날의 내 모습. 술에 취해 허덕이고, 술에 취해 과오를 저지르고, 더 이상 먹기 싫다며 술잔을 덮어 놓던 내가 보인다. 돌아갈 수 없는 곳으로 향하는 지하철에 올라탔다.

예순네 장

나의 문제점은 가진 것을, 해낸 것을 시시하게 본다는 것이다. 그토록 원했던 대상을 얻고 나서 찾아오는 묵직한 공허를 어찌할까. 어쩌면 그토록 원하지 않았던 걸까. 그토록 원하지 않은 것을 그토록 노력하지 않았음에도 얻게 되어 시시하게 느껴지는 걸까. 가질 수 없는 것. 가질 수 있을 것 같은 것. 너무 쉽게 가져버린 것. 나를 행복하게 하는 건, 나를 만족시킬 수 있는 건 대체 무얼까. 노력에 기반한 성취일까, 열심을 가장한 한순간의 쾌락일까. 나는 어떤 행복을 바라고 있는 걸까. 나는 과연 행복의 기준을 바로 세울 수 있을까.

예순다섯 장

축구에서 90분 잘해도 단 1초에 무너질 수 있다는 것이 수비수의 숙명이다. 한 번의 실수는 수비수에게 허용되지 않는다. 공격수의 실수와 수비수의 실수는 그 대가가 꽤 커 보인다. 백날 상대 공격수 잘 막아봐야 한 번 뚫리면 모든 이의 손가락질을 받는다. 오늘 나는 내 옆에 있는 사람을 그런 수비수로 만들었다. 90분, 아니 연장전 후반까지 120분 가까이 혼신의 힘을 다해 수비한 사람을, 그 공로는 감쪽같이 잊은 채 경기 막판 작은 실수 하나에 화를 내고 말았다. 그가 아니었으면 애초부터 연장전까지 끌고 올 수 없는 경기였다. 그가 아니었으면 진작 예선조차 통과하지 못할 대회였는데도 말이다.

예순여섯 장

　내 인생에 가장 맑은 기운이 가득 찼던 때는 언제였던가. 쉼 없이 달려와 갑작스레 멈추었던 그 시절. 텅 빔으로 가득 차 꿈이 잘 꾸어지던 그 시절. 어린아이의 실수를 웃어넘기며, 꼰대의 꾸짖음에도 싱겁게 웃음 짓던 그 시절. 쓰디쓴 시절 다 지나 마지막 밤에 마셔낸 두어 잔의 소주. 담아둔 말을 눈으로 내뱉던 아침. 헹가래 받으며 떠오르는 몸으로 바라보던 비행기. 축 처진 머리는 빳빳해지고 쥐어진 주먹은 느슨해지던 그 시절. 여러 은인 보내고 여러 은인 두고 떠나온 발걸음. 그 시절 떠올리며, 잠시 걸음 더디지만, 다시 한 걸음 내디딜 수 있기를.

예순일곱 장

벽돌을 나르는 시인이 있는가 하면 음식을 배달하는 뮤지션이 있다. 꿈을 위해 일상을 살아가는 것과 일상을 보내기 위해 잠을 자는 것엔 차이가 있다. 돈이 있어 취미가 생기는 것과 취미를 위해 돈을 버는 것에 괴리가 있듯. 나 또한 그들과 다른 삶을 사는 것 같지 않고, 그들보다 나은 삶을 영위하고 있다고도 말할 수 없다. 그렇게 예술가는 왜 가난해야 하는가에 대해 생각한다.

돈이 궁하면 더 멋진 작품을 만들어낼 수 있을까. 돈이 궁해서 옹졸해지진 않을까. 돈이 많으면 마음의 여유로 인해 더 좋은 문장을 적어낼 수 있을까. 돈이 많아서 초심을 잃어버리진 않을까. 이것마저 자본주의 시대에 매몰되는 생각일까. 사실 벽돌을 나르는 시인은 세상을 쌓아 올리는 중이었고, 음식을 배달하는 뮤지션은 자신의 음악을 들려주듯 행복을 전해주고 있었는지도 모른다. 직업에 귀천이 없다고 말하는 세상 속에서, 귀함과 천함을 나누고 있던 사람은 바로 나였는지도 모른다.

예순여덟 장

이해할 수 없는 비유 앞에서 크나큰 상실감을 느낀다. 이해하기 어려운 단어 앞에서 커다란 시기심이 생긴다. 상실과 시기로 차오른 마음은 어찌해야 할까. 그런 내게 술 한 잔 따라주며 모진 말을 건네는 사람이 있다. 상실과 시기가 차오른 마음의 풍선에 바늘을 가져다 대는 사람이다. 살갗에 닿은 뾰족한 쇠침이 차갑다. 내과 의사의 냉철한 도구 같다. 과학의 진리를 믿는 사람, 자기 믿음이 확고한 사람, 길고 짧은 것을 아주 작은 단위까지 잴 수 있는 사람, 사람의 마음을 천천히 들여다보는 사람. 차가운 쇠 도구를 쥔 누구보다 따뜻한 사람이 있다.

예순아홉 장

　과일가게 앞에 빼곡히 진열된 싱싱한 과일들. 가장 좋은 것들로만 엄선되어 놓인 것들. 자연스레 물러터지기 전에 누군가의 입속으로 들어가기 위한 것들. 먹히기 위해 자신의 자태를 뽐내는 것들. 선택받기 위해 죽음을 담보로 내세운 것들.

일흔 장

　태풍이 지나간 지 얼마 되지 않은 중문 해수욕장은 해수면이 높았다. 몇 걸음만 바닷속으로 들어가도 물이 가슴팍까지 차올랐다. 또래보다 키가 작은 나로서는 부담스러운 깊이. 친구들은 내가 물을 무서워하는 걸 아는지 모르는지 짓궂게 장난을 쳤고, 순식간에 썰물에 의해 바다로 빨려 들어간 나는 발이 땅에 닿지 않자 허우적거리기 시작했다. 여전히 사태의 심각성을 모르는 친구들의 떠들썩거리는 소리만 어렴풋이 들릴 뿐, 나는 혼자만의 사투를, 누군가가 보면 볼품없는 몸부림을 쳤다. 십 년 같은 십 초가 지났을까, 어떤 물체가 머리를 툭 쳤다. 지푸라기라도 잡는 심정으로 그 물체를 잡아챘다. 구조용 튜브였다. 튜브에 매달려 있는데, 오른쪽 옆구리로 훅 들어오는 묵직한 팔뚝. 수상 안전 요원이었다. 바깥으로 나를 끌고 나와 조심하라는 말을 남기고 자신의 자리를 찾아가는 그의 뒷모습을 바라보며 모래사장에 철퍼덕 주저앉았다. 충혈된 눈으로 거친 기침과 함께 짠물을 뱉어냈다.

　그해 늦가을, 수영을 배우기 시작했다. 영통 체육 문화센터에서 운영하는 수영 초급반 수업이었다. 아레나에서 처음으로 수영복과 수모와 수경을 샀다. 수모를 겪고 나서야 수모를 구매한 나는 물 공포증을 이겨내자는 마음으로 두 달 치 수강 권을 끊었다. 주 3회 정규 수업 시간 외에도 자유 수영 시간을 이용해 기본 동작을 연습했다. 처음엔 물에 떠 있기조차 힘들 었다. 물속으로 들어가서는 숨쉬기조차 버거웠다. 수영장 물 을 수십 번 들이켜고 나서야 물속에서 그나마 숨을 쉴 수 있었 다. 수면에 얼굴이 맞닿는 사이, 호흡이 텄다. 호흡이 트자 팔 동작에 집중할 수 있었다. 팔 동작이 익숙해지자 발차기에 신 경 쓸 수 있었다. 초심자의 마음으로 욕심을 버리고 하나하나 해결해내기 시작하자 물 공포증은 어느덧 사라졌고, 수십번 레인의 5분의 4 지점에서 멈추고 나서야 25m 수영장 레인을 멈추지 않고 수영할 수 있었다.

더 이상 물속에서 허덕이는 모습을 보이고 싶지 않아 시작 한 수영. 그 노력의 결과는 이듬해 홍콩 여행에서 빛을 발했다. 드래곤스 백 트레킹을 마친 후, 섹오 비치로 넘어온 나는 웃통 을 벗고 곧장 바닷가로 달려갔다. 짧지만 2개월 동안 수영장에 서 연습한 수영 실력을 뽐내고 싶었다. 비록 수영장 레인과 다 르게 파도가 몰아치는 바다에선 평소처럼 수영할 수 없었지만 그럼에도 바다가 무섭지 않았다. 지레 겁을 먹고 허덕이지 않 으니 몸이 가라앉지 않았다. 가라앉는다 하더라도 발이 땅에 닿지 않는다며 당황하지 않았다. 필요에 의해 시작한 수영, 필요로 시작한 취미가 새로운 용기로 자리 잡았다.

　물속이 더는 무섭지 않다는 것. 그것은 내게 한 세계를 넘어선 일이었다. 내면의 공포를 이겨낼 수 있었던 건 짠물을 잔뜩 삼킨 과거가 있었기 때문이다. 오늘의 수모가 훗날의 취미가 될 수 있다는 걸 여실히 느낀 순간. 그렇다면 세상의 파도가 나를 삼킨대도 언제고 그 파도 위를 수영할 자신을 떠올려 보면 어떨까. 허덕이지만 않는다면 가라앉지 않을 것이다.

일흔한 장

　세상을 향한 잣대와 나를 향한 잣대가 비례했으면 좋겠다. 네게 편견을 가지는 만큼 내게도 편견이 생겼으면 좋겠다. 너를 향한 무한한 연민과 나를 향한 무한한 연민의 값이 같았다면 어땠을까. 추억이 아이폰 저장 공간을 좀먹는 용량으로, 불쑥 나를 괴롭히는 사진 몇 장으로 남는다. 너를 대하는 만큼 나를 대했다면, 네게 관대한 만큼 내게도 관대했다면 우린 지금 어떤 모습일까.

일흔두 장

망포역 3번 출구 앞 커피집 창문에 비친, 조르르 앉아 아메리카노를 빨대로 쪽쪽 빨고 있는 사람들. 지하철역 주민등록등본 무인 발급기 옆에서 뒤돌아 자판기 커피를 홀짝이는 사람. 같은 인간, 다른 위치. 같은 커피, 다른 용기. 같으면서 다른 것들, 다르면서 같은 것들. 같은 목 넘김 속에 어떤 커피는 쓰고, 어떤 커피는 달다.

일흔세 장

감정은 축구공이다. 내 발에서 떠난 축구공이, 분명한 목적지를 두고 찬 공이, 마음과는 다르게 이상한 곳으로 굴러간다. 같은 공이라도 공의 어느 부분을 차는지에 따라, 발의 어느 부위를 활용하는지에 따라, 어느 정도의 세기로 차는지에 따라 구질이 천차만별 달라진다. 같은 감정이라 할지라도 어떤 단어를 사용하는지에 따라, 비언어적 표현에 따라, 어느 강도로 표현하는지에 따라 감정의 구질이 달라진다.

축구 경기에서 가장 널리 사용되는 기술은 킥이다. 킥은 슛을 위한 기술이기도 하지만 패스를 위한 기본 동작이기도 하다. 여기서 패스는 나보다 상대방을 먼저 생각해야 하는, 배려가 기반이 되는 동작이다. 패스할 때 유념해야 할 부분은 내가 얼마나 멋들어지게 패스하는지가 아니라, 동료가 얼마나 공을 편히 받을 수 있을지 고려하는 것이다. 동료의 움직임을 미리 파악해 두고, 적당한 세기로 공을 차야 한다. 혼자서 공을 가지고 놀 땐 아무렇게나 차도 그만이지만, 서로 합을 맞출 때는 제멋대로 해서는 안 된다.

감정을 주고받을 때 또한 합이 필요하다. 아무리 자신의 감정이라도 상대방에게 함부로 말과 행동을 휘두르는 건, 장우산을 뒤로 길게 빼고 걷는 것과 같다. 나에겐 유용한 물건일지 모르지만, 누군가에겐 흉기가 될 수 있다는 사실을 알아야 한다. 나의 감정을 상대방 마음에 온전히 가닿기 위해서는 상황마다 감정의 구질을 적절히 달리하는 것이 무엇보다 중요하다.

구질에 따라 패스를 받는 사람이 편할 수도, 불편할 수도 있다. 다음 동작을 수월하게 가져갈 수도, 곧바로 상대에게 공을 빼앗길 수도 있다. 패스는 너무 약해도, 너무 강해도 곤란하다. 약할 땐 약하게, 강할 땐 강하게 차야 한다. 하지만 나는 매번 후회한다. 강하게 차야 할 땐 터무니없이 약하게 찼고, 약하게 차야 할 땐 공이 라인 밖을 나갈 정도로 강하게 찼다. 강하게 전달해야 할 땐 내 상황을 알아주겠지 하는 마음으로 애매하게 감정을 드러냈고, 약하게 전달해야 할 땐 오랫동안 쌓인 감정들을 한순간에 쏟아내곤 했다.

요즈음 나의 감정은 어릴 적 흙 운동장에서 해진 채로 굴러다니던 축구공이다. 가죽 벗겨지고 바람 빠진 공. 자동차 밑에 깔린 공을 빼내려다 무릎이 까지고 만다. 추억으로 치부된 물건처럼 과거에 매몰된 감정은 버려야 마땅하다. 프로 축구 경기에선 공에 문제가 생기면 그 즉시 공을 교체한다. 동네 축구에서도 마찬가지다. 내가 가져온 공, 네가 가져온 공, 그중에서 가장 좋은 공으로 시합을 한다. 내가 원하는 방향으로 패스하기 위해서는 적당한 압력의, 외형상 아무 문제 없는 축구공이 먼저 필요하다. 이젠 좋은 공을 주고받고 싶다. 적당한 위치에, 적당한 세기로, 상대가 받기 좋게끔 패스하고 싶다.

일흔네 장

생각이 많은 오늘, 홀로 새벽을 지새운다 생각했는데 창문을 열어보니 건너편 아파트 여기저기에 불 켜진 방이 많다. 홀로 새벽을 비추는 달이라 생각했는데, 좁은 차선에도 가로등이 즐비하다. 새벽이 완전한 어둠이 아닌 건, 누가 알아주지 않는다고 하더라도 그 자리를 굳건히 지켜내고 있는 존재들이 있어 가능한 일이다.

일흔다섯 장

　세상 끝 마지막 편의점에서 이병률을 산다. 인생의 세목을 적어내려 심보선을 읽는다. 풍경으로 남지 않기 위해 이규리를 듣는다. 뾰족한 촉 아래 차분히 적힌 문장. 촘촘한 종이 뭉치가 빈 화병보다 무겁다. 허한 마음에 가득 찬 가벼운 고독. 풍선 안에 든 공기보다 가벼운 것들. 빈방을 채운 읽히지 않을 책들. 입안에 달린 쓸모없는 혀. 거울에 비친 공허. 깨지기 쉬운 것들은 매번 속이 비어 있다. 한 잔 술 비워내면 호젓한 시간 달랠 수 있을까. 한 줄 시 읊어내면 소슬한 계절 무사히 보낼 수 있을까.

일흔여섯 장

　우리는 짝 몸으로 태어난다. 양 눈은 대부분 짝눈이다. 웃을 땐 양쪽 광대의 높낮이가, 입꼬리의 기울기가 다르다. 한쪽은 높고 한쪽이 낮은 것은 비단 시소만의 이야기가 아니다. 그렇기에 아무도 타고 있지 않은 시소가 한쪽으로 기울어져 있는 건 결코 우연이 아니다.

일흔일곱 장

　살갗이 쓰라린 걸 보니 나는 아직 살아있나 보다. 마음이 저린 걸 보니 나는 아직 살아있어야 하나 보다.

　속이 얹히면 토를 해야 한다. 마음이 얹히면 눈물을 흘려야 한다. 그래야 한다. 그럴 수 있다면, 그럴 수 있을 때까지 쏟아내야 한다. 쓰디쓴 위액이 올라올 때까지, 짜디짠 마지막 한 방울이 똑, 하고 떨어질 때까지. 미련을 덜어내 아쉬움이 보다 쉽게 증발할 수 있도록. 해장국을 먹는다고 해장이 되는 게 아니듯, 눈물을 모두 쏟아 낸다고 마른 사람 되는 게 아니다. 후회 없이 울 수 있는 것도 능력이다. 물기 탁탁 털어내야 상쾌하게 다시 시작할 수 있다. 수건을 널 때도 양 끝을 잡고 허공에 물기를 털어내지 않던가. 건조기 돌릴 수 없는 세탁물 취급하며 상온에서 그저 마르기를 바라지 말고, 그 시간에 최선을 다해 자신을 털어내면 된다. 그런다고 수건이 더 빨리 마르는 거 아니지만, 물기를 제거해 악취를 덜어낼 순 있으니까. 잠든 사이 제멋대로 굳어버린 수건이, 제 맘대로 굳어버린 감정 끝이 뾰족하다.

일흔여덟 장

누군가 내 웃는 모습을 보곤 깬다고 한다. 누군가는 왜 비웃느냐 캐물었고, 누군가는 그만 깔깔대라며 나무랐다. 이렇게 활짝 웃게 된 지 얼마 안 됐는데 말이다. 어린 시절 사진을 보면 이렇게 천진난만해 보일 수가 없다. 혹자는 육아 난이도가 상당했을 거라며 혀를 찬다. 나도 모를 일이다. 천진난만했던 내가 어느 시점에서부터 시들기 시작한 것인지. 웃음을 잃기 시작한 것은 아마도 초등학교에서 중학교로 진학할 무렵이었다. 십삼사 년 삶에 일생일대의 큰 사건이나 비극이 찾아왔던 건 아니지만, 왠지 모르게 스스로 작아졌던 것 같다. 사람을 무릎 꿇게 하는 것은 큰 시련 하나 때문이 아니라 작은 실패의 연속이라는 말을 어렴풋이 깨달았는지 모른다.

그때부터였을까, 남들과 비교하게 된 것이. 설상가상. 좋지 않은 시기엔 좋지 않은 일들이 겹쳤다. 그 시기에 나는 점점 뒤틀려갔다. 신체도, 마음도, 성격도, 구강구조까지도. 송곳니는 앞니 뒤편으로 자리 잡기 시작했고, 그 사이는 검게 타들어 갔다. 마음이 타들어 가듯 충치가 생긴 것이다. 그 당시 나는 앞니 뒤로 숨은 송곳니 같은 학생이었다. 그때부터였을까, 입을 가리게 된 것이.

웃기지도 않은, 웃길 것도 없는 학창 시절을 보냈지만, 이따금 웃을 상황이 있었고, 웃을 상황이 찾아올 때면 입을 가리고 웃었다. 뒤틀린 치아를 보이기 싫은 마음에서였다. 뒤틀린 성격을 보이기 싫어 친구들 사이의 문제를 침묵으로 일관했던 것처럼 말이다. 그렇게 중학교 3년을 보내고 고등학교에서의 1년이 지난 후, 엄마에게 용기를 내어 말했다. "엄마, 나… 치아 교정하고 싶어." 교정 앞의 단어는 사실 '마음'이었는지도 모르지만, 그때 입밖으로 나왔던 말은 '치아'였다. 그게 이든, 이빨이든, 치아든 상관없었다. 습관적으로 올라가는 손을 내리고 싶었다. 매일 밤 나를 괴롭히던 악취를 없애고 싶었다. 이쑤시개로 보이지 않는 곳을 파내려다 자꾸만 흘러나오는 피가 싫었다.

2학년 진학을 앞둔 겨울 방학, 치아 교정을 시작했다. 그렇게 카레라이스와 하이라이스가 나오는 급식을 기피하는, 이따금 정기 검진을 다녀온 다음 날엔 야채 죽으로 점심시간을 보내는 학생이 되었다. 앞니와 송곳니 사이의 보이지 않는 공간을 입천장으로 바꿔내기까지 6개월의 시간이 걸렸다. 그 대가로 윗니와 아랫니를 각각 두 개씩 발치했고, 2년 반이란 시간이 흐른 뒤에야 발치한 자리를 모두 메울 수 있었다. 현재는 사랑니까지 모두 **빼냈으니**, 나는 이제 여덟 개의 치아를 **빼낸** 사람이 되었다. **빼야** 할 것을 **빼내고**, 숨긴 것을 앞으로 내놓자 마음껏 웃을 수 있게 되었다. 활짝 웃던 어린 시절로 돌아간 기분이 들어 좋았고, 가장 좋았던 건 남들 앞에서 숨겨야 할 것이 하나 줄어들었다는 사실이었다.

이젠 맘껏, 양껏 웃는다. 그간 참아왔던 웃음을 내뱉듯 누구보다 깔깔대고, 누구보다 호탕하게, 배가 찢어지게 웃는다. 그리고 더 이상 웃을 때 손으로 입을 가리지 않는다. 그래서 종종 누군가 내 웃는 모습을 보곤 깬다고 한다. 왜 비웃느냐고 적대적인 시선을 보내고, 그만 깔깔대라며 조언한다. 여덟 개의 치아를 발치한 것처럼 여덟 번의 아픔을, 여덟 명의 인연을, 여덟 권의 책을, 여덟 개의 직업을 거쳐 보낸다면 보다 의젓하게 웃을 수 있을까. 과연 나는 지금까지 몇 번의 시행착오를 겪었는지 궁금하다. 이 글을 읽는 당신은 몇 번의 아픔을, 몇 명의 인연을, 몇 권의 책을, 몇 개의 직업을 거쳐 왔는지 궁금하다. 무엇이든 여덟 번 정도 거쳐 왔다면 우리네 삶이 조금은 나아지지 않았을까.

일흔아홉 장

최근 런태기(러닝 권태기)를 겪고 있는 내게 새로운 취미가 찾아왔다. 바로 걷기다. 걷는 것만큼 달리는 것이 익숙해지고 지루해져 러닝을 하지 않고 있는 내가 걷는 게 재밌어졌다. 한평생 걸어왔음에도 걸음의 재미를 여태껏 느끼지 못했던 것이 신기하기도 하다. 오늘은 노을빛을 가감 없이 비추는 호숫가를 걸으며 생각했다. 인간은 원초적인 동물이라고. 두 발로 걷는 행위는 인간의 기초를 다시 세우는 것이라고. 걷는 모양새 달라도, 내딛는 왼발 가져오는 오른발 달라도, 보폭 달라도, 걷는 속도 달라도, 신발 달라도, 발 크기 달라도, 걷기란 필사만큼이나 수완이 좋은 취미라고. 그래, 걷는다는 건 생각의 기저를 쓰다듬는 일이다. 느리게 걸을수록 땅을 매만지는 빈도가 높아지고, 지구의 호흡을 차분히 느낄 수 있다. 걷기란 지구 반대편 우루과이의 풀 내음을 맡을 수 있는, 지구 건너편 핀란드의 찬 바람을 쐴 수 있는 퍽 흥미로운 행위다.

여든 장

카페 창밖이 소란스럽다. 바닥이 점점 짙어지는 것이 소나기가 내리나 보다. 우산을 챙겨온 사람들은 여유롭게 기지개를 켜고, 우산이 없는 사람들은 머리 위에 손을 올리고 종종걸음을 치며 건물 안으로 뛰어간다. 작은 손바닥으로 진실을 가릴 수 있다는 듯, 비를 막기 위해 이마에 올린 손바닥이 외롭다. 나였다면 한 손에 든 책을 눈썹 위로 가져왔겠지. 비가 내리면 가장 먼저 가려야 할 건 얼굴일까, 손에 든 책일까. 비에 젖은 책은 말려도 주름이 져 있다. 비 맞은 얼굴도 그만큼의 주름이 져 있을까. 손바닥에 수많은 손금은 비를 막으면서 생긴 골짜기가 아닐까.

여든한 장

    우수에 찬 내 맘. 우스워지는 내 맘. 잠결에 나도 모르게 배
시시 웃고 싶다. 배 찢어지는 웃음 말고 저절로 입꼬리가 올라
가고 싶다. 은은한 행복에 취하고 싶다. 어젯밤엔 비가 내렸다.
피하지 않고 비를 흠뻑 맞았다. 머리가 축축해졌다. 며칠 전 볶
아낸 머리가 다시 살아났다. 축 처지지 않는 머리가 신기했다.
머리를 말고 열을 가했을 뿐인데 두 달이 지나도, 머리를 잘라
도, 곱슬기가 남아있다. 그 모습에 살짝 웃었다. 점심쯤 걸려
온 전화 한 통에, 인생 한 방이라는 어이없는 저장명에 웃음이
삐져나온다. 그 속에 담긴 진실에 피식 싱겁게 웃었다. 길 가는
사람 붙잡고 울고 싶다. 그리고 저 연기 잘하죠, 하면서 웃고 싶
다. 세상에서 가장 슬픈 영화 속 주인공이 되어 촬영 내내 실컷
울다가, 컷하는 순간 팔뚝으로 서툴게 눈물을 닦고 싶다. 늦은
시간 회식 자리에 조용히 따라가 맨 구석 자리에 앉고 싶다. 왼
쪽 어깨를 기댈 수 있도록 가장 좌측 테이블에 앉고 싶다. 왼쪽
관자놀이를 벽에 눌러대며 시원함을 느끼고 싶다. 다음 날 깨
질 머리를 생각하며.

여든두 장

울고 나면 명료해집니다. 눈에 쌓인 먼지가 씻겨 내려간 걸 까요. 한참을 헐떡이며 삶의 체기를 내려보낸 것일까요.

여든세 장

끈적한 여름이 왔다. 길거리엔 능소화가 하나둘 얼굴을 드
러냈고 내 얼굴엔 짜증이 피었다. 불쾌지수처럼 나의 짜증도
수치화할 수 있다면 얼마나 좋을까. 누군가의 불쾌지수를 그
들의 옷차림처럼 대번에 알아차릴 수 있다면, 그 지수를 확인
하고 처신을 달리 할 수 있다면 얼마나 좋을까.

여든네 장

오늘의 생각은 오늘에 머물고, 미래의 걱정은 오늘로 오고 있다. 과거의 후회도 오늘로 모여들어 시간의 줄기가 한 데 겹친다. 감당키 어려운 감정들이 나를 덮친다. 시간의 무게가 겹겹이 쌓인다.

여든다섯 장

내가 도달할 수 있는 최고점은 정수리. 최저점은 발꿈치. 나는 나를 벗어날 수 없다. 인간이 사자가 될 수 없는 것처럼 나는 나로부터 다른 무언가로 바뀔 수 없다. 나는 정수리와 발꿈치 사이 어딘가에 위치한다. 명상할 때 신체 어느 부위에 집중하는지에 따라 에너지의 흐름이 바뀌는 것처럼, 우린 어느 가치에 집중하며 살아가는지에 따라 삶의 방향성이 바뀔 수 있다. 그것은 이미터 남짓한 공간 안에서 발현된다. 세상은 거대하지만, 위대한 것은 작은 공간에서 탄생한다.

여든여섯 장

    오늘은 서울에서 열리는 북 페어를 다녀왔다. 오랜만에 참가자가 아닌 관람자로 다녀온 행사였다. 홀가분한 마음으로 가벼운 차림에 얇은 시집 하나를 챙겼다. 금천구청역으로 향하며 읽어낸 시들 중엔 내가 썼던 글의 제목과 같은 시가 있었다. 시인이 말하고자 했던 것과 내가 말하고자 했던 것이 크게 다르지 않다고 느껴졌다. 기어이 수챗구멍으로 밀려 들어오는 우둔한 그리움에 대한 이야기였다. 결국 우리는 비슷한 이야기를 자신의 언어를 빌려 말하고 있던 게 아닐까. 행사장에선 이전 북페어에서 알게 된 작가님을 만나 뵙게 되었다. 그는 그동안 내 책을 다 읽었다며, 자신이 하고 싶었던 이야기를 내가 모두 써냈다며, 재밌게 잘 읽었다는 인사를 건네왔다. 내가 하고 싶었던 이야기는 누군가의 시집에 있었고, 누군가가 하고 싶어 했던 이야기는 나의 문장 속에 있었다. 우린 같은 곳으로 향하는 저마다의 길을 걷고 있던 게 아닐까.

여든일곱 장

누군가는 나의 글에 위로를 받고 용기를 얻는다. 누군가는 나의 말에 상처를 받고 확신을 가진다. 양가적인 상황 앞에서 내가 할 수 있는 것이라곤 달리는 일. 숨이 벅찰 정도로 달려내는 일. 마음속 수조가 밑바닥을 보일 때까지 비워내는 일. 땀을 많이 흘려 눈물을 끌어다 쓸 때까지 달리는 게 지금 내가 할 수 있는 유일한 일이다.

여든여덟 장

　나다움은 무엇이고 개성은 무얼까. 나다움을 지킨다고 그 것이 곧 개성이 될까. 반대로 개성이 나다움을 대변할 수 있을까. 나는 나이면서도 나이지 않기 때문에, 나다움이 곧 나답지 않을 수도 있겠다고 생각한다. 당장, 말하는 나와 글 쓰는 내가 다른 사람처럼 느껴지는데, 나를 어떤 사람이라고 정의 내릴 수 있을까. 동전처럼 양면성을 지녔다면 차라리 마음이 편할 텐데. 나는 이렇게나 주춤하고 머뭇거리고 갈팡질팡하는 사람인데. 자신에게 여러 모습이 있다는 사실을 자각하는 것만으로도 더 나은 사람이 될 수 있을까.

여든아홉 장

나의 이름은 택민(澤珉), '못 택'에 '옥돌 민' 자를 쓴다. 못 속의 수많은 돌 중에 빛나는 옥돌 하나라는 뜻이다. 누군가 내 이름의 뜻을 물어볼 때면 편의상 연못이라고 말한다. 대개 못 이라 하면 망치와 어울리는 못을 떠올리기 때문이다. 하지만 나라는 못엔 연꽃이 없다. 진녹색 이끼 가득한 바위가 있을 뿐 이고, 그마저도 바위 하나 들어오면 물이 넘칠 정도로 작은 웅 덩이에 가깝다.

그런 웅덩이에 가라앉은 옥돌이 나란 사람의 정체성이다. 그럼에도 무언가를 경험하고 누군가를 만나면서 나란 못의 크 기는 점점 커지고 있다. 못의 크기가 커질수록 옥돌은 더더욱 생각의 기저 가까이로 침전한다. 작은 못에서도 이토록 불안하 게 가라앉는 삶을 살고 있는데, 세상이란 바다로 나가게 된다 면 얼마나 깊은 곳까지 내려가야 할지 가늠조차 할 수 없다.

며칠 전엔 영화 〈브로커〉를 봤다. 모종의 이유로 유사 가족 을 이뤄가는 로드무비 형태의 영화였다. 화려한 캐스팅 중, 해 진(海進)이란 역할이 인상 깊었다. 작은 못에 가라앉는 옥돌의 운명을 타고난 사람은 바다로 나아가는 운명을 가지고 태어난 사람을 부러워했다. 영화의 기능적인 역할을 수행하기 위해 만들어졌을지 모르는 해진이란 아이. 나는 수많은 배역 중에서 순진무구한 저 아이가 좋다. 끝내 참아야 하는 말이 있듯, 반드시 해야 하는 말도 있기 마련이다. 감독이 해진의 입을 빌려 관객들에게 전하고자 했던 메시지를 기억한다.

영화가 끝나고도 자리에서 한참을 앉아있었던 건, 나라는 사람이 엔딩 크레딧을 따라 검은 바다로 흘러가길 기다렸던 건지도 모른다. 하얀 파도가 모두 쓸려 내려갈 때까지 검은 바다를 멍하니 바라보다 검은 수면에 비친 내게 묻는다. 지금처럼 못에 가라앉는 옥돌로 살아갈 것인가. 난파선이 될지언정 먼바다로 나아가볼 것인가.

아흔 장

모두가 번거로운 새벽. 모든 게 귀찮아진 새벽. 모기만이 내 곁을 맴돈다. 저 녀석은 내 피가 뭐가 그렇게 맛있다고, 가만히 있는 나를 가만두지 못하는지. 누군가의 바짓가랑이 부여잡고 그 사람을 귀찮게 하던 나도 모기 아니었는지. 모기가 방에 들어오면 모든 방 불 켜고 쌍심지 켜고 잠들기 전까지 잡아내던 나. 모기가 방에 들어오든 말든 피 한 방울 기꺼이 내어주던 너. 증오보다 견디기 어려운 건 귀찮은 존재로의 전락, 실컷 쏟아내는 욕보다 서러운 건 멸시를 숨긴 무심한 눈빛이다.

아흔한 장

누군가 내게 자기 연민에 빠진 사람이라 한다. 편견이 많은 사람이라 한다. 전어 회처럼 뼈가 씹히는 말들. 그래서 맛있다. 꼬독꼬독 씹히는 맛이 좋다. 알싸한 마늘 한 점 올려도 좋고, 새콤달콤 양념에 미나리, 홍고추 썰어 넣어도 좋다. 전생에 그 맛을 잊지 못해 가을에 태어난 사람. 고소한 그 맛이 그립다. 봄은 가을 하늘이 까마득하다. 추운 날씨가 따뜻해지는 것보다 더운 날씨가 서늘해지는 것이 더 쓸쓸하다. 앞으로 다가올 여름이 몇 번일지 헤아리다 보면 기분이 착잡해진다. 지나온 계절을 떠올리다 보면 가슴이 먹먹해진다. 왜 눈물이 흐르면 이마로 흘러내린 머리카락을 쓸어 올리게 될까. 내 눈물샘은 이마에 있나 보다. 비가 오면 이마 위에 손을 올리는 것, 눈물이 흐르면 이마 위를 쓸어 올리는 것, 그거 과연 우연의 일치일까 싶다.

아흔두 장

지난날의 글에 지난한 마음을 품는다. 인생은 본래 지극히 어려운 것. 프로필 화면의 상태 메시지처럼 내 감정을 바깥으로 모두 드러내고 있다. 상태 메시지에 내 상황을 장황하게 늘여놓고 누군가 알아주길 바랐다. 나 죽는다 소리쳐놓고 주변에서 보내는 걱정의 눈빛을 아랑곳하지 않았다. 불특정 다수에게 징징거리곤, 내게 걸려 오는 지잉지잉 전화 진동 소리는 소음 취급했다. 연신 울려대는 휴대폰에서 손을 놓지 못하고 그저 내가 써 내려간 글만 쳐다보고 있다. 너무 쉽게 감정을 내뱉고 사는 건 아닌지, 너무 쉽게 풀어내고 너무 쉽게 털어내는 오늘이다. 너무 쉽게 날아가는, 너무 쉽게 사라지는 마음이다.

어느덧 오월이 찾아왔고 고요한 바람이 나를 감싼다. 초록 아래 자리 잡은 지금, 까치는 비둘기와 다르게 거리감을 유지한 채 곁을 지나간다. 이어폰에선 좋아하는 음악이 흐르고, 나는 그 노랫말을 곱씹어 본다. 마스크를 벗어 테이블 위에 올려두고 커피를 한 모금 홀짝인다. 고개를 치켜 들자 하늘 위에 곰 얼굴을 닮은 구름이 느리게 흐르고 있다. 그 뒤 좌상단으로 상승하는 비행기 한 대는 완만하게 포물선을 그리며 시야에서 사라진다.

　가방에서 책을 꺼낸다. 마지막 챕터 하나만 남겨 둔 연작 단편 소설집이다. 화자는 영화를 제작하는 감독이다. 현재는 파혼한 상태이고, 이따금 데이팅 앱으로 사람을 만난다. 우리네 인생이 서로 별반 다르지 않다는 듯 덤덤하게 풀어내는 이야기였다. 최근엔 채팅 앱으로 애인을 만났다는 사람과 술자리를 가진 적이 있다. 그것도 인연이라며 신기한 눈으로 쳐다보고 있는데, 건너편 한 사람은 의심의 눈초리를 거두지 못한다. 그거 이상한 거 아니냐며, 그거 사용하는 사람들 믿을만하냐며, 마기꾼이 많다는 둥 장기 매매 아니냐는 둥 무례한 단어들을 아무렇지 않게 입에 올리는 모습을 목도하곤 했다.

　만남의 방법도 시대에 따라 변할 수 있다. 아니, 변해가야 한다. 누군가의 사랑을 '그거'라 칭하는 사람은 과연 어떤 사랑을 하며 살아가고 있던 걸까. 시대에 맞춰 변해가야 할 것은 휴대폰의 성능도, 카메라의 기능도 아니다. 정작 바뀌어야 할 것은 세상을 받아들이는 우리의 인식이다. 아무리 좋은 장면 잘 담아낸다 한들 정작 반듯하게 세상을 바라보지 못한다면 무슨 소용이 있을까. 소설을 읽다 며칠 전 장면을 떠올리던 사이 해가 구름 뒤로 사라졌다. 곰 구름은 형태를 알아보기 어렵게 사방으로 흩어졌다.

구름은 이상하게 흐른다. 시간도 이상하게 흐른다. 이상하게 흐르는 자연 속에서 이상하게 흐르는 내가 이상한 게 아니다. 반듯하게만 나아가려 했던 지난 삶의 방식이 되려 삶을 어렵게 만들었을 수도 있겠다. 오월의 초록 아래 책장을 덮는다. 발음이 뭉개지는 유월이 오면 지난한 마음도 조금은 쉬워지길 바란다.

아흔세 장

내일 아침의 하늘은 예상할 수 없다. 하늘에 떠 있는 구름 조차.

그저 모든 게 운(雲)처럼 나는 내일도 정처 없이 두둥실 떠 돌아다닐 것이다.

아흔네 장

음식에 머리카락이 들어갔다면 셰프든, 서버든 그 책임을 져야 한다. 문장에 오탈자가 있다면 저자든, 편집자든 그 책임을 안아야 한다. 나는 내가 문장을 만들고 직접 문장을 전달하는 사람이라, 어느 작은 부분에서도 책임을 피할 수 없다. 문장을 맛본 이들의 작은 평까지 온전히 감수해야 한다. 나는 내 글에 머리카락이 들어가지 않기 위해 거듭 확인한다. 오자로 인해 글을 맛보기도 전에 인상이 찌푸려지지 않도록, 탈자로 인해 문장 본연의 맛이 달라지지 않도록.

때로 시적 허용이란 이유로 시에선 부러 맞춤법 파괴하고 문법 구조 어겨도 용인된다. 내게도 나를 파괴할 권리를 부여한다면 조금 더 시인의 삶에 가까워질 수 있을까. 틀에 박힌 어른이 아닌 뜰 위를 뛰노는 어린아이가 될 수 있을까. 누군가는 과연 내 글 위에 떨어진 머리카락 한 올을 너그러이 이해해 줄 수 있을까.

아흔다섯 장

호랑이 소굴에 들어갔는데 무사할 줄 알았다면, 그것은 큰 오산입니다. 당신을 가장 힘들게 하는 건 호랑이가 아닙니다. 어두운 동굴 속에서 피어오르는 당신의 두려움입니다. 한 번은 눈을 감고 뛰어본 적이 있습니다. 5초도 되지 않아 불안에 휩싸이며 눈을 떴습니다. 눈을 떴을 땐 정작 저는 잘 달려가고 있었습니다. 앞에는 어떠한 장애물도, 걸림돌도 없었지만 단지 불안함 때문에 눈을 감은 채 달리지 못했습니다. 무한한 평지가 앞에 펼쳐져도 잠시 눈 감고 달리는 게 두려운가 봅니다. 그렇게 빛 없이 달리지 못해, 쉼 없이 달리나 봅니다. 두려움은 우리를 끊임없이 달리게 만듭니다. 힘들면 잠시 쉬어도 되는, 아무 재촉 없는 새벽의 뜀걸음이 그립습니다.

아흔여섯 장

오늘 당신은 무얼 읽습니까. 저는 제가 좋아하는 소설가의 신작을 읽고 편애하는 시인의 또 다른 시집을 읽습니다. 그들의 산문집은 물론이고요. 그리고 애정하는 사람들이 업로드한 블로그 포스트와 인스타그램 게시글을 읽습니다. 누군가의 글을 읽는다는 건 누군가의 감정을 헤아려보겠다는 뜻이고, 헤아려보겠다는 건 단순히 눈으로 읽는 행위보다 몇 배고 몇십 배고 감정을 소모하겠다는 의지입니다. 그러니, 내가 당신의 책을 읽고 좋고 나쁨에 대해 피드백을 남기거나, 누군가의 글을 읽고 쉽게 지나치지 못해 댓글을 남긴다는 건 그만큼의 감정을 소모했다는 뜻입니다. 물론, 악플을 남기는 사람들처럼 몰상식한 인간들이 있습니다. 하지만 저는 그러지 않습니다. 관심이 없다면 관심을 쏟을 시간조차 할애하지 않습니다. 제가 읽고 반응하는 것들은 제가 흥미를 느끼는 것들입니다. 당신은 지금 무얼 읽고 무엇에 반응하고 있습니까.

아흔일곱 장

치아 교정의 후유증은 십 년이 넘도록 잇몸을 괴롭힌다. 치아 뒤편의 얇은 쇠로 된 유지 장치. 나무 위에 놓인 철로처럼 치아 뒤편에 길게 늘어서 있다. 철은 강하다 했던가, 치아를 이어주는 철은 혓바닥에도 쉬이 끊어질 정도로 약하기만 하다. 오늘 점심엔 유지 장치가 또 끊어졌다. 치아 사이에 낀 밥알을 빼내려 이쑤시개를 욱여넣었던 탓이다. '툭'도 아니고 '톡' 끊어진 왼쪽 앞니와 송곳니 사이의 유지 장치. 허공을 향하는 유지 장치를 혀끝으로 꾹꾹 눌러보지만, 예전과 달리 쉽게 자리잡지 못한다. 자꾸만 잇몸을 찌르고, 자신을 억누르려는 혀를 찌른다. 몇 번의 찔림으로 혀끝이 알알하다. 치열이 흐트러지지 않게 유지해주는 장치가 이렇게나 약하다. 나는 얇고 약하고 끊기기 쉬운 것에 의해 지탱되고 있다. 얇고 약하고 끊기기 쉬운 것에 의지해 겨우 버티고 있는 나는 얼마나 얇고 약하고 끊기기 쉬운 존재일까.

아흔여덟 장

    철로 만들어진 도구들은 한바탕 열을 내고 식히는 과정에서 형태를 갖추기 위해 대장장이의 망치질을 견뎌낸다. 붉어진 마음이 가라앉으면 자신의 쓸모에 맞춰 모습이 완성된다. 하지만 나는 세상의 망치질로 인해 전혀 단단해지지 못했다. 그 시간 속에서 나는 되려 얇은 사람이 되었다. 얇은 마음, 얇은 인내심, 얇은 인품, 얇은 시선을 가진 사람이 되었다. 얇은 마음은 누구에게나 쉽게 휘어졌고, 얇은 인내심은 그리 단단하지 못해 쉽게 끊어졌다. 얇은 인품이 나를 베었고, 얇은 시선으로 당신을 찔렀다. 다시 뭉뚝한 사람으로 돌아가고 싶다. 얇은 마음 접고 접어 두께감을 가지고 싶다. 뙤약볕이 내리쬐는 여름날, 기어코 먼 길을 걸어가는 것은 새로 나를 조형하고 싶어서다. 필통 속 몽당연필을 다시 꺼내 든 것도 바로 그 때문이다.

아흔아홉 장

어떤 한 자세를 오래도록 유지하면 피가 잘 통하지 않는다. 원상태로 복구되었을 때, 피가 다시 통하면서 그 부위가 저리기 시작한다. 저리다는 건 본래의 성질로 되돌아가겠다는 것이고, 저리다는 건 자신에게 익숙한 자리로 다시 돌아가겠다는 것이다. 반대로 말하자면 저리다는 건 무언가를 그리워한다는 것이고, 저리다는 건 감내할 만한 가치가 있다는 것이다.

백 장

무릅쓰고 한 일이 무릎 꿇은 나를 일으킨다.

불안 한 톳

우리는 불안을 쌓으며 나아간다

ⓒ 이택민, 2022

초판 1쇄 발행	2022년 8월 1일
초판 2쇄 발행	2024년 4월 10일

지은이	이택민
펴낸이	이택민
디자인	한지혜

펴낸곳	책편사
등록번호	제2020-000027호
이메일	chaekpyunsa@gmail.com
인스타그램	@chaekpyunsa

ISBN 979-11-971216-9-2(13810)